SOMEONE WHO WILL LOVE YOU IN ALL YOUR DAMAGED GLORY

Someone
Who Will Love You
in All Your
Damaged Glory

北京联合出版公司
Beijing United Publishing Co.,Ltd.

我爱你，废柴

[以色列] 拉斐尔·鲍勃-瓦克斯伯格 著
戚悦 译

果麦文化 出品

献给达薇，她是我心灵的栖息之地

CONTENTS

目录

这次约会进行得很顺利。他长得非常英俊，而且颇富魅力，跟他先前在网上介绍的情况完全一样。她觉得自己应该喜欢他。她认为，他就是那种可以被带去见朋友的男人。

吃完晚饭，他邀请她到家中做客。他打开一瓶葡萄酒，给她倒了一杯，还递给她一个细细的高筒罐，顶部扣着橡胶盖。“要不要来点儿盐焗马戏团腰果？”

“什么是马戏团腰果？”她问。

“打开吧，”他说，“你看看就知道了。”

她盯着那个罐子，标签上印着“腰果公司独家产品”，随后是一串大号的黑体字“盐焗马戏团腰果”。接着是稍小的黑体字“美味！咸香！”。底下还有更小的黑体字“配料：腰果，食盐”。另一面画着一个手拿皮鞭的男人，似乎是一位驯狮者，罐子的整体设计以马戏团为主题。驯狮者的口中冒出一个对话框，里面写道：朋友们，大家好！请享用这些新鲜腌制的马戏团腰果吧！本产品由腰果公司提供，精选上等配料，经过完美加工，罐内只有最佳的盐焗马戏团腰果，绝对没有缠绕在弹簧上的假蛇。我知道，你也许在怀疑，当你掀开盖子的时候，会不会有一条假蛇突然蹦出来吓唬你。别担心，别害怕，打消那种念头吧，我向上帝发誓，这里面只有腰果。为什么会有蛇呢？那纯粹是胡说八道。听着，如果你打开这个罐子，有一条假蛇扑到你面前，那么你可以再也不必相信我了。但是，仅仅由于一丝微小的可能性，害怕这是精心策划的圈套，担忧自己会因此而犯傻，难道你就要放弃品尝美味盐焗腰果的机会吗？好吧，我发现你还没有打开罐子，我理解你的想法，也许谨慎一些是对的。毕竟，你曾经遭到过欺骗。你的心经历了风吹雨打，被许多人粗暴地践踏，被时间无情地侵蚀，已经伤痕累累，就像一块布满了裂缝的鹅卵石。你虽然不是笨蛋，却被这些裂缝一次次绊倒，一遍又一遍地屈服于直率而愚蠢的希望。可能每一罐腰果里都藏着一条假蛇，然而你总是傻乎乎地打开它们，因为在内心深处，你依然相信只有腰果。每次发现腰果罐的残酷谎言，你都暗自发誓，下次你要相信得少一点，变得慎重一点、顽强一点。这不值得，你说。真的不值得。你应该更聪明才对。从今往后，你必须学得聪明一些。现在，我要告诉你，这次不一样了，尽管我没有任何办法可以证明。打开罐子吧，一切都会好起来的。盐焗马戏团腰果正在等着你，它们美味可口，令人齿颊留香。相信我，你不会后悔的。我向你保证，这次一定会截然不同。我为什么要骗你呢？我为什么要伤害你呢？这次没有假蛇在潜伏，这次的结局将美妙异常。

微小说

1. 他觉得世界上有两种人：第一种人，你担心自己会伤害他们，因此不愿去触碰；第二种人，你担心他们会伤害你，所以不敢去触碰。

2. 她忽然意识到，她喜欢“恋爱”这个概念，胜过喜欢跟她谈恋爱的任何人。

3. “你跟其他姑娘不一样。”他对每一个姑娘都这么说。

4. 她告诉他，她爱他，而且非常在乎他。他被强烈的自恋冲昏了头脑，甚至都没有反应过来，她是在跟他提出分手。

5. 他不相信那些在照片里比现实中更好看的女人。他正在制定一套规则，可以让他最终不必再轻易相信任何人。

6. “我从未想过自己可以如此幸福。”她想象着有朝一日自己对某个人这样说。

7. 他迫不及待地要告诉她：“我根本就没有想起你。”只要她回电话，他就会这么说。

8. 他有一种高超的技巧，能够让他熬过无聊的聚会，甚至整整一个小时都不会想起那个可怕的事实——他的人生是有限的，而且一切都无法重来。

9. 她忽然意识到，她喜欢“丈夫”“孩子”“朋友”“工作”和“生活”这些概念，她喜欢所有事物的概念，胜过事物本身。

10. 他觉得世界上有两种人：第一种人，你担心自己会伤害他们，因此不愿去触碰；而第二种人则是你想要伤害的对象。

吉日良辰

倘若你想知道关于“如何举行婚礼”的各种观点，最好的办法就是宣布你要结婚了，我保证你一定会深陷在数不清的意见之中，难以自拔。就我而言，听取众人的意见并非我向多萝西求婚的首要理由——我之所以向她求婚，是因为我爱她。然而，我们一说出即将结婚的消息，大家就认为这是在向他们讨教，于是便纷纷告诉我们究竟应该怎么做。

“你们必须在过道两侧摆上蜡烛，”我们话音刚落，多萝西的闺密妮基就立即说，她甚至还没来得及祝贺我们，“而且蜡烛的高度应当依次增加，一直延伸到过道尽头，象征着你们的爱情和承诺日益坚定，就像蜡烛燃烧得越来越旺。”

“我们希望一切从简，”我说，“我们真的不想把婚礼搞得太过隆重，变成一个复杂的场合。”

“但是，彼得，你们一定要准备蜡烛才行，”妮基说，“否则眼神不好的爱魔怎么能在永恒之书里写下你们的名字呢？”

“噢，”多萝西皱起眉头，“我忘记眼神不好的爱魔还要在永恒之书里写下名字了。”

我不安地扭动身体：“你不觉得那有点儿老套吗？我是说，我的表哥杰瑞米就没有在婚礼上摆放蜡烛，事实证明，即使没有爱魔记录名字，他的婚姻也很顺利。”

多萝西瞥了我一眼，我知道她在想什么。我的表哥杰瑞米上周刚刚抱怨过，说他们为地上祈祷屋安装了第二个苦修圣坛，而他妻子购买的新地毯却很糟糕，不是吗？如果当初他们在婚礼上摆放蜡烛，让眼神不好的爱魔在永恒之书里准确记录他们的名字，也许他们就能掌握更好的沟通技巧了。我看得出来，在这场争辩中，自己毫无胜算，但是我再次强调：“显而易见，想要面面俱到是不可能的，毕竟我们打算一切从简。”

妮基不为所动：“没错，但是准备蜡烛还能有多复杂呢？我又不是叫你们去租一架小型飞艇，不过是蜡烛而已，你们完全可以从礼仪慈善会[1]免费弄到。”

多萝西用她那双大眼睛注视着我，瞳孔的颜色犹如榛子巧克力。我看得出来，她想要蜡烛，尽管当初是她先表示我们应

1. 礼仪慈善会（the Rite Aid）：作者虚构的名称，指专门为举办仪式提供帮助的慈善会。调侃美国连锁药店“Rite Aid”（来爱德）。

该一切从简的。

“好吧，那咱们就去瞧瞧礼仪慈善会都有什么东西。”我提议道。

多萝西笑逐颜开，脸上的表情就像耶鲁节[1]烤野猪的篝火一样灿烂。我不禁妥协了，决心一定要在婚礼现场的过道两侧摆满高度递增的蜡烛。

但是，关于在仪式中应该何时向石神献祭山羊，每个人都有自己的看法。

“你们最好早点儿献祭，”我的母亲说，“那样就可以提前完成任务，让大家知道石神已经得到了安抚，从而证明这是一桩上天保佑的合法婚姻。”

“你在开玩笑吗？”我的弟弟说。他正在大学里主修山羊屠宰专业，所以自然对此有很多意见。“你知道那要流多少血吗？你们必须最后再进行屠宰，否则当你们跳绿帽子树精舞[2]时，就会不小心滑倒，跌进山羊的内脏之中，把婚礼斗篷弄得全是血，而你们的录像也将出现在专门展示最差婚礼的博客上。”

---

1. 耶鲁节（Yuletide）：古代日耳曼民族节日，据说跟野外狩猎和盎格鲁 - 撒克逊的夜间母神有关，后经基督教改造变成了今天的圣诞节，像伐木、吃野猪肉、唱歌等圣诞习俗都源于耶鲁节。
2. 绿帽子树精舞（Dance of the Cuckolded Woodland Sprite）：作者虚构的舞蹈名称，喻义为“妻子出轨的树林精灵之舞”。

那一刻，我实在不敢告诉他，我们根本就没打算跳绿帽子树精舞，而且我们很可能不穿传统的婚礼斗篷，还有，我们绝对不会雇摄像师。

我的母亲摇了摇头："其实没那么多血——"她直勾勾地盯着我的弟弟——"前提是找一位优秀的屠宰师。"

他满脸通红，每当他感到别人轻视自己的时候，就会变成这副模样。"即使你找来镇上最好的屠宰师，"他说，"即使你请到'永远神圣的约瑟夫'——"

"拜托，"我的母亲嗤之以鼻，"'永远神圣的约瑟夫'才不会管这种小事呢。"

"我告诉你，"我的弟弟说，"就算能请到他，也还是会流很多血。"

多萝西把餐巾盖在她的红酱意大利面上："我吃饱了。"

"对不起。"在开车从橄榄花园回家的路上，我说，"我知道，我的家人有点儿热心过头了。"

"我喜欢你的家人，"多萝西说，"他们只是想帮忙而已。"

"咱们应该直接私奔，"我说，"避开所有的压力，把钱都用来度蜜月。"虽然嘴上这样讲，但是我心里清楚，自己在说傻话，因为：第一，哪儿来的钱？我们之所以能办得起婚礼，全是因为多萝西的爸爸在占卜符文公司里位高权重，而他让自己的分公司向我们提供赞助。起初，我还有些犹豫，不确定是否该举行一场商业赞助的婚礼，可那毕竟是多萝西的爸爸，我们又不是要给亮视点[1]之类的公司做广告。况且，如果这意味着我们可以在好教堂里举行婚礼，拥有彩色玻璃窗和舒适的座椅，而不是待在活动中心的多功能房间里，无论点燃多少支蜡烛，空气中总是弥漫着消毒剂和农家干酪的味道——仿佛有人试图用消毒剂清除农家干酪的酸臭，结果消毒剂的味道又太重了，于是他们只好拿来更多的农家干酪，时至今日，他们仍然在努力探索消毒剂和农家干酪的完美比例——总之，如果我们能避免这些麻烦，那么在典礼现场挂上几条占卜符文公司的高级横幅，在我们的结婚誓词中顺便提一下价格公道、无比神圣的占卜符文，介绍它们的众多优势和实际用途，也许是值得的。第二，就算有钱去某个地方度蜜月，我们俩也都知道，我根本就腾不出时间。我已经打算在收获节那一周加班，因为采石场每逢假日都会多支付一半的工资，在多萝西攻读社会福利专业的硕士学位期间，我还指望用这笔额外的收入来交房租呢。

“真正让我感到苦恼的事情只有献祭，”多萝西说，“我们只要解决了山羊的问题，其他一切都好办。”

突然，我产生了一个疯狂的念头。这个主意实在太过疯狂，我甚至都不敢大声说出来，可是它一旦钻进我的脑海中，

1. 亮视点（Lens Crafters）：北美最大的眼镜零售连锁店，创立于 1983 年。

我又觉得不吐不快，于是我脱口而出："你愿意干脆放弃献祭山羊吗？"

多萝西沉默了片刻。我知道，如果我停车，她就会立马下车，头也不回地跑开，永远都不再理我。下次见到她，将会是排队结账的时候，她的照片出现在街头小报的首页上，旁边印着硕大的标题："我的未婚夫不想献祭山羊！"

然而，多萝西说："我们可以那样做吗？"

我说："多萝西，这是我们的婚礼，我们想怎么做都可以。"

她露出了微笑，我感到欢欣鼓舞，就像克拉克·肯特[1]偶然听见大家在议论超人一样。

但是，当我们申请结婚证时，随心所欲变成了一个大麻烦。

"你们准备向石神献祭多少只山羊？"五号窗口的女人问。

"我们不打算向石神献祭山羊，"我骄傲地说，"这可不是那种婚礼。"

面前的女人低头扫了一眼表格，然后重新望向我们："所以，大概就献祭五只？"

"不，"多萝西说，"零。"

排在我们身后的男人发出一声呻吟，故作夸张地看了看手表。

---

1. 克拉克·肯特（Clark Kent）：即超人，美国漫画英雄，平常身份是记者克拉克·肯特，在危难时变身成超人。

“我不明白，”那个女人说，“你们的意思是一只或两只吗？石神肯定不愿意接受这么少的山羊。”

“不，”我说，“不是一只或两只，而是零。我们要献祭的山羊数量为零。”

她皱起鼻子：“表格上没有‘零’这个选项，我先给你们登记成五只吧。”

很快，多萝西的闺密妮基便找上门来：“我听说你们就打算献祭五只山羊。”

“不——”我张口欲言，却被她打断了。

“你们必须献祭至少三十八只山羊，否则我妈妈不会来参加婚礼。你们也知道，她在这种事情上一向都很传统。”

“这场婚礼又不是为你妈妈而举行的，”多萝西没好气地说，“我们不想献祭山羊，如果她无法支持这一点——如果她无法支持我们——那么你妈妈就不应该来。”

“天哪！”妮基说。接着，为了表示强调，她又重复了一遍，“天哪！”

毫无疑问，我的弟弟自然非常伤心。“我的哥哥不打算在婚礼上献祭山羊，一旦消息传出去，我要怎么跟山羊屠宰专业的朋友们解释呢？我肯定会成为大家的笑柄！”

“这不关你的事，”我说，“除了即将结婚的两个人以外，任何人都与此无关。”

"你看起来很紧张，"我的母亲说，"不如就献祭十只山羊，可能会让你感到好受一些，你觉得呢？"

"十只?！"我的弟弟说，"那简直是侮辱！说实话，要真是那样，还不如干脆放弃献祭，盼着石神没有发现得了。"

"对，"我说，"我就是这个意思。"

"好吧，"我的母亲说，"山羊的问题先算了，但是我很担心你和多萝西，你们俩竟然要自己安排那么多事情。"

"没有'那么多事情'，"我说，"其实这才是关键，根本就没有'那么多事情'。"

"你们为何不去见一下婚礼策划师呢？也许别人的帮助可以缓解你们俩的压力。"

"我们没有压力。"我说，但是声音太大，语速太快，口气中透着明显的焦虑。

"听上去压力可不小。"我的弟弟评论道。等他掌握了屠宰山羊的技巧以后，他应该学学如何管好自己的事情，不要到处瞎操心。

"唯一的压力来自外界，"我说，"那是外部压力，我和多萝西之间没有任何压力。况且，谁来支付婚礼策划师的报酬呢？我不能再向多萝西的爸爸伸手要钱了。"

"所以，不必正式雇一位婚礼策划师，"我的妈妈说，"只是去见一下，听听对方怎么说。"

于是，我们便联系婚礼策划师克拉丽莎，安排了一次会面。

“首先，你得明白，”多萝西对婚礼策划师克拉丽莎说，“我们真的不想要那种场面隆重、过程烦琐的夸张仪式。”我很高兴多萝西这样讲，她再次证实了我们完全没有压力。

“好吧，”克拉丽莎说，“那你们想要什么？”

“非常简单，”我说，“我们沿着过道走向圣坛，多萝西看起来很漂亮，而我则穿着一套西装。神父先发表一番关于爱情的感言，然后我说几句话，多萝西说几句话，也许埃斯特尔姑妈会朗诵一首格特鲁德·斯泰因[1]的诗歌。接下来，神父就问：‘你们彼此相爱吗？’我说：‘是的。’多萝西说：‘是的。’于是我们接吻，大家鼓掌，我们开始跳舞——”

“绿帽子树精舞？”

“不，不是绿帽子树精舞，只是普通的舞蹈而已，类似于《摇摆与呐喊》[2]或《疯狂爱》[3]。我们跳上一两个小时，然后所有人都打道回府。总之，这是一场基本款的婚礼，就像宜

---

1. 格特鲁德·斯泰因（Gertrude Stein，1874—1946）：美国小说家、诗人、剧作家及艺术品收藏家。
2. 《摇摆与呐喊》（*Twist and Shout*）：发行于1961年的一首歌曲，最初由高音组合（The Top Notes）演唱，1962年作为艾斯礼兄弟合唱团（The Isley Brothers）的单曲进入排行榜，1963年又得到披头士的演绎并被收入其首张专辑。
3. 《疯狂爱》（*Crazy in Love*）：美国女歌手碧昂丝和美国说唱歌手Jay-Z合作的一首歌曲，于2003年发行。

家的通用型产品一样。”

“可是，那太不浪漫了。”多萝西的闺密妮基说。不知为何，她也来参加了这次的会面。

“其实非常浪漫，”我说，“因为这仅仅涉及我们两个人，不会出现任何跟我们无关的东西。”

“那格特鲁德·斯泰因跟你们又有什么关系？”妮基嘲讽道。

多萝西微微一笑：“我们俩都很喜欢格特鲁德·斯泰因。刚开始约会时，我们曾一起去看过《浮士德博士点灯》[1]。”

“我觉得这个环节不错，”婚礼策划师说，“它专属于你们自己，显得非常独特，而且也很有意义。但是，我想先回过头来，讨论一下‘拒绝隆重仪式’的整体原则。如果用数字一到十来形容，你们在这方面的坚定程度是多少？”

“十。”我说。

“十。”多萝西说。

“嗯，那就是非常坚定。不过，或许还能有一点点回旋的余地？”

“没有。”我说。

“没有。”多萝西说。

1.《浮士德博士点灯》（*Doctor Faustus Lights the Lights*）：格特鲁德·斯泰因于 1938 年创作的剧本，以歌剧形式演出。

“好吧，我很欣赏你们的默契。但是，我希望确保你们切实地考虑这个问题。之所以要有隆重的仪式，部分原因就是它可以随时被尖叫合唱团表演哀歌的哭泣、挥手和呐喊突然打断，他们的哭泣、挥手和呐喊能够持续至少二十分钟。所以，如果其他的安排不够，那么整场婚礼的主角一下子就变成尖叫合唱团了，而你们也会失去自己所追求的那一丝独特感。相信我，我曾经见过这种情况发生。”

多萝西泄气地瘫坐在椅子里，我努力挺直腰板，为了我们两个而坚守立场。

“但那正是我要表达的意思，我们不会请尖叫合唱团的。”

多萝西猛然扭过头来，直勾勾地盯着我，犹如一座灯塔投来刺眼的光芒：“等等，我们真的不请尖叫合唱团吗？”

“那可是婚礼一半的乐趣！”妮基说。

“明明半点儿乐趣都没有！”我表示反对。

但是妮基也不甘示弱：“毫不夸张地说，对于一场婚礼而言，百分之五十的乐趣就是你永远都不知道尖叫合唱团什么时候会开始哭泣、挥手和呐喊。假如没有尖叫合唱团来表演哀歌，你们为何还要举行婚礼呢？”

“因为我们彼此相爱。”我温和地争辩道。我觉得，如果让我把这句话再重复一遍，我们甚至都不用找尖叫合唱团了，因为我自己就会开始哭泣、挥手和呐喊了。

多萝西依然在沉思："我恐怕从未想过，我们连一个小小的尖叫合唱团都不要。倘若没有尖叫合唱团，感觉就不像是婚礼了。"

婚礼策划师一脸苦相，仿佛我们在她面前讨论这些令人非常尴尬，仿佛她从未见过情侣为了婚礼的细节而发生分歧："听起来，你们二位还需要再商量一下，否则我不确定自己该如何帮助你们。"

"没错。"妮基骄傲地说。我不禁暗暗思忖，既然妮基这么喜欢克拉丽莎，也许她们俩才应该结婚，那样她们就可以把自己想要的尖叫合唱团统统请到现场了。

此时，我们俩都变得情绪低落，必须设法振作起来，于是我便带多萝西前往出售礼仪蛋的商店，打算去看看承诺蛋。我知道，严格来讲，新娘在婚礼之前就见到承诺蛋是不太吉利的。然而我渐渐发现，尽管我们曾经达成共识，决定举行一场非常朴素的小型婚礼，剔除花哨的装饰，抛弃烦琐的环节，但是现在看来，关于这场婚礼，多萝西恐怕还有更多的想法，只是当初她并未透露而已。况且，我越发清晰地感受到，如果我自作主张地挑一个承诺蛋，没有征求她的意见，那么结果肯定会糟糕透顶。在接下来的婚姻生活中，这个承诺蛋将挺立在客厅的展示柜里，毫不留情地证明着我的无能——我总是把事情搞砸，今后还会一直如此。

礼仪蛋商店的每个人都非常友好，听说我们要结婚了，大家纷纷表达了激动之情。“恭喜！”销售员萨布丽娜说，“我一眼就看得出来，你们俩简直是天生一对，我希望能帮助你们找到完美的承诺蛋。告诉我，你们想要什么样的？随便喊几个词就行，不用很精确。”

“最好是比较小的那种，”我说，“高度大概在一英尺[1]半到两英尺之间？”

萨布丽娜点了点头：“现在小承诺蛋非常流行，你们很有品位。那咱们考虑的材质是白银、铂金，还是玫瑰金呢？”

我拼命鼓起勇气，含混地咕哝道：“我们认为，也许可以先从黄铜开始？”

萨布丽娜毫不犹豫：“没问题！我们有一些相当可爱的黄铜蛋，从它们开始正合适，我去拿几个备选的款式出来。”

“对不起，”多萝西说，“我知道你的工资应该跟销售额挂钩。”

萨布丽娜笑了：“我们肯定会找到一个漂亮的承诺蛋，我保证。”她捏了捏多萝西的胳膊，然后走向里面的房间。

“你不需要道歉。”我说。

“我觉得不好意思。”

1. 英尺：1 英尺约为 0.3 米。

“我们跟其他顾客没有任何区别。”我告诉多萝西，同时也是在安慰自己。

销售员萨布丽娜向我们展示了一系列黄铜蛋，每个都刚好比我能接受的价格贵一点，又恰巧比多萝西想象中的样子差一点。她脸上的表情很坚强，但是当她开口的时候，我听到她的声音里透着失望：“这个有些像我爷爷奶奶的承诺蛋。”

萨布丽娜微微颔首：“是啊，黄铜蛋确实显得比较……传统。”

在商店的另一头，有一对情侣正在铂金蛋的区域里尽情挑选。那名男子试图举起一个高达四英尺的承诺蛋，结果累得龇牙咧嘴。他们看起来像是专门为了购物而盛装打扮，要不然就是在买完承诺蛋以后，他们还准备乘游艇出海或者打高尔夫球什么的，也有可能他们一向都穿得这么精致。突然，我发觉自己的牛仔裤实在太脏了。

“你们还有稍微好一点儿的款式吗？”我问。以前，我曾经去过许多摆着黄铜承诺蛋的房子，在那些地方，它们总是显得颇为体面。然而在这家店里，我才清楚地意识到，原来跟其他承诺蛋相比，它们竟是如此平凡无奇、微不足道。我看见多萝西把手指放在其中的一个黄铜蛋上，抚摸着雕刻粗糙的蝴蝶图案，我知道她也在思考同样的事情，尽管她绝不会承认。

“你们愿意看一下白银蛋吗？”萨布丽娜问，“我明白你们不想要过于张扬的款式，但是在白银蛋中也有一些非常低调的选择。”

多萝西满怀期待地望着我，仿佛在说：可以吗？

“那咱们就看一下白银蛋吧。”我说。这句话立马在我自己的傻话排行榜中跃升为第三名，勉强胜出的冠亚军分别是：“我能要特辣口味吗？”以及“我喜欢你以前的发型。”

销售员萨布丽娜带领我们走进里面的一个房间，她首先展示的是 1954 年菲利克斯·沃伊诺夫斯基的白银蛋，表面镶嵌着珍贵的宝石，还装饰着宗教肖像画。

“这个恐怕有点儿太花哨了，你不觉得吗？”我说，竭力向在场的所有人澄清，我的主要顾虑并非价格，而是外形。

“我不知道，”多萝西说，“我觉得很漂亮。”

“对，”我说，“确实很漂亮，但是，也许有点儿太花哨了吧？”

“那这个怎么样？”萨布丽娜问，“这是最新流行的款式，外壳镀银，看上去非常精美，拿起来又不会过于沉重。”

多萝西点了点头：“彼得，你听到了吗？镀银。”

我满意地露出微笑，连忙扫了一眼标签，结果发现它的定价比最贵的黄铜蛋还要高出七倍。

“嗯，这些都是不错的选择，”我说，“我们得认真考虑一下。”

然而，多萝西已经考虑好了：“我想在婚礼上体验惊喜的感觉，所以我要去车里等着。彼得，我相信不管你选择什么，我都会喜欢的。”

她径直走出商店，萨布丽娜微笑着对我说：“不如咱们再看看铂金蛋？”

我不禁打了个寒战：“要是你见过我们的公寓就明白了，我们这种人一般不会买那样的承诺蛋。”

“实际上，承诺蛋常常会成为人们家中最珍贵的东西。”萨布丽娜殷勤地指出。

“如果我买一个黄铜蛋，你觉得多萝西会恨我一辈子吗？”

“当然不会！她刚才说了，不管你选择什么，她都会喜欢的。我认为，咱们应该相信别人说的话。”

我点了点头。

“话虽如此，”不知为何，她继续说道，“当她看到沃伊诺夫斯基的承诺蛋时，她的眼睛确实亮了起来。”

我想着多萝西，忽然记起了我们的第一次约会。当时，我打算带她去汽车影院，可是我的信用卡刷不出来。我觉得自己就像一个彻头彻尾的白痴，而她提议我们开车上山，在没有声音的情况下看完整部电影。我们自己编造台词，模仿屏幕上的人物对话。虽然这样做很傻，但是感觉更加有趣，而且也非常浪漫。那天晚上，我暗自发誓，今生我一定要竭尽全力地爱护这个女人。

“你能帮忙保留沃伊诺夫斯基的承诺蛋吗？”我问，“现在我还买不起，可是我真的很想要它。”

萨布丽娜一脸为难：“按理说是不行的……不过，你们二位看起来是那么相爱……这样吧，也许我可以先找个地方把它藏起来，为你多争取几周的时间。”她朝我眨了眨眼睛，我的胸中仿佛有无数只小鸟在欢快地飞翔，我下定决心，回去以后必须在点评网站上写一条好评，将来还要给我们的第一个女儿取名为萨布丽娜。

我钻进车里，多萝西说：“别告诉我你买了什么，我想要惊喜。”

“我什么都没买，”我说，“我打算自己用彩色卡纸和烟斗通条做一个承诺蛋。”

“哈——哈！”接着，她将信将疑地说，“你在开玩笑，对吧？”

“你不是想要惊喜嘛。”

“在这里工作肯定很棒，”多萝西说，“整天都能跟热恋中的幸福情侣打交道，帮助他们一起规划未来。”

我说：“没错，而且还不需要社会福利专业的硕士学位。”

多萝西瞪了我一眼：好吧，伙计。

我也看了她一眼：我只是说说而已。

她又瞥了我一眼：真是拿你没办法。

好消息是，第二天采石场就发生了一起事故，弗朗姬·沙夫摔断了小腿。对于弗朗姬·沙夫来说，这并不是好消息，毕竟她已经有一位残疾的丈夫了。对于乔伊·兹洛特尼克来说，这也不是好消息，他不得不爬上梯子，重置安全生产日的记录牌，在摆弄硕大的数字零时，他突然掉下来，摔断了小腿。不过，对于我来说，这可是天大的好消息，因为那意味着我可以在采石场加班了。我知道，这样的结果有利有弊：工作的时间越长，我就越有可能发生事故，摔断自己的小腿。但是总体而言，好处大于坏处。在我看来，好处包括以下几点：

1. 管理部门的大卫和大卫会认为，我是一名积极能干的工人，具备强烈的团队合作精神。

2. 我能得到更多的报酬。这一点非常重要，因为如此一来，我就可以填补计划以外的开销了。比如，我的未婚妻突然决定要买一个沃伊诺夫斯基的承诺蛋，还要找一支尖叫合唱团来参加婚礼，尽管她明知道那些东西不在我们的预算之内。

3. 我能得到更多的酬报。这一点跟上一点有关，却又不完全相同。上一点侧重于实用层面，而这一点则偏向于精神层面。当我在采石场加班时，心里肯定会想，我正在赚更多的钱来举行婚礼，用双手支撑自己和未来妻子今后的生活。我喜欢养家的感觉，不过这种观念太老套，说出来很难为情，倘若有人问起，我肯定会矢口否认，但是感觉真的很好。

4. 我可以避免在婚礼的问题上跟多萝西吵架。这一点让我觉得不太好，然而事实就是如此，随着结婚的日子逐渐临近，我们的分歧也越来越多。刚刚结束的一次争论是关于要不要参加“和大神父肯尼·索根弗雷上床一周”的传统活动。

“我必须和大神父肯尼·索根弗雷上床，”多萝西说，“这样他才能向全村人证明我是处女。”

“可你并不是处女，”我说，“我也不是处男。”

“那不是重点，”她说，“这是传统。如果大神父肯尼·索根弗雷不在村里宣布我是处女，我的母亲就没脸见人了。”

于是，她便去找大神父上床了，而我则留在采石场加班。

我带着一锅炖菜前往弗朗姬·沙夫的家中探望。这也许是一个错误的决定，因为尽管弗朗姬很高兴见到工作上的朋友，但是眼前的情景令我非常难受。她跟自己的丈夫和三个孩子挤在狭小的公寓里。我不愿意对别人评头论足，毕竟大家都在努力地生活，可是水槽里堆满了碗碟，墙壁上遍布着水渍——我必须重申一遍，这不能怪弗朗姬，也不能怪她的丈夫，其实他是一个很体面的男人——而最糟糕的部分莫过于摆在角落里的承诺蛋。我认出那正是萨布丽娜展示过的一款黄铜蛋，当初我差点儿说服自己接受它。在商店里，它显得朴素、简洁，甚至能算优雅，但是在弗朗姬的公寓里，我看出了它的本质：廉价。

我回到那家商店，连刷了两张信用卡，买下了沃伊诺夫斯基的承诺蛋。我想好了，如果我在非节假日里休息，那就可以在节假日工作，赚取额外的加班费。

我愿意再支付五十美元，将我们的名字刻在 1954 年菲利克斯·沃伊诺夫斯基的纯银承诺蛋上吗？当然。我还想买下配套的特制展示柜吗？没错。在举办婚礼的过程中，谁将拿着这个承诺蛋呢？

“我们可以通过酒神教堂，为你们租一个阉人，”销售员萨布丽娜提议道，“那些伙计知道该怎么做。实际上，沃伊诺夫斯基的承诺蛋远比看起来要沉重。而且，我曾见过不止一场婚礼被搞砸，就因为他们随便安排一位叔叔保管承诺蛋，结果仪式进行到一半，他却失手把承诺蛋摔了。”

“行，”我说，“咱们找一个阉人吧！”

那天夜里，我兴奋得睡不着觉，于是便开车前往溪谷，站在高处俯瞰水面。我思念着多萝西，眼下她正躺在大神父旁边，完全不知道未来的丈夫为她做了什么。我明白，其实承诺蛋本身并不重要，真正重要的是我有多么爱她，而承诺蛋就是这份感情的象征。当我想到自己准备了一个如此美妙的象征时，我感觉非常骄傲，仿佛变成了神明保佑的幸运儿。我牵挂着多萝西，回忆她枕在我胸口入眠的样子，内心充满了无尽的喜悦。

然而接下来，最糟糕的事情发生了：加文·卡切夫斯基在采石场连上了两轮班，累得精疲力竭，最终坐在钻机车里昏睡过去，害得五名工人摔断了小腿。

大卫和大卫召开了全体会议。

“以后不许再连上两轮班了，”其中一个大卫说，他是负责讲话的大卫，“已经有太多人摔断小腿了。”

人群发出嗡嗡的抱怨声，另一个不讲话的大卫凑近第一个大卫，耳语了几句。

“还有，”大卫说，“从今天起，我们不会向假期加班的工人提供奖金了。”

“这不公平！”我嚷道，“我还指望着那笔钱过日子呢。”

“我也是！”何塞大叫，他家厨房的地面最近刚刚塌陷了。

“我们都是！”戴博高喊，他有一个孩子身体不好，骨骼非常脆弱。

“重点不是钱，”大卫说，“而是你们的安全。在采石场上，咱们都是一家人，如果你们不停地在工作中摔断小腿，导致保险费率提高，那么我们就必须开始裁员。我们真的不想这样，因为，还是那句话：咱们是一家人。”

“所以，你的意思是，我们不能在假期里加班了？”

不讲话的大卫对讲话的大卫嘀咕了几句，他点了点头。“不，当然可以，”他说，“实际上，如果你们愿意在假期里加班，我们将非常感激。只是，我们不能再额外支付一半的工资了，因为那样会鼓励这种行为。”

“难以置信！”凯丝·钟说。

凯丝很擅长煽动众人的情绪，眼看她就要领头抗议了，然而她还没来得及进入状态，不讲话的大卫便响亮地宣布：“这件事没有商量的余地。”我们立刻意识到情况不妙，因为只有在形势严峻的时候，不讲话的大卫才会讲话。

我重返礼仪蛋商店，销售员萨布丽娜带着灿烂的微笑迎上来：“嘿，小伙子，你想再看看自己的宝贝吗？”

我不敢直视她的眼睛：“我必须退货，它太贵了。”

她困惑地盯着我，仿佛我正在说另一种语言：“你不能退货，你已经把名字刻上去了。”

“噢，对，那……至少我可以拿回雇请阉人的费用吧？我们不需要他，我们会把承诺蛋直接放在台子上。”

“这是捐给酒神教堂的善款，没法随便撤销。”

“萨布丽娜，你一定得帮帮我。难道你就不能为我做点儿什么吗？”

萨布丽娜谨慎地环顾四周，然后倾身向前，悄悄地说：

"等你下次来买东西时，我可以给你打八折。"

我气炸了："我干吗要再买一个承诺蛋？"

我想不出别的办法，只好匆匆赶往占卜符文公司，搭乘电梯直奔顶层。多萝西的父亲站在办公室里，透过窗户俯瞰着生产车间，监督占卜符文的打磨和开光。

"彼得！你找我有事吗？"

"呃，是关于婚礼的问题。"

"哦？"

"是关于金钱的问题。"

"哦。"

我吞吞吐吐地提到了承诺蛋，又结结巴巴地说自己买不起。

多萝西的父亲坐了下来，他显得非常苦恼："承诺蛋象征着你对我女儿所作的承诺，表示你会照顾她、保护她。如果这个承诺蛋是我花钱买的，那意义何在呢？"

"我可以替您干活儿，"我说道，"从采石场下班以后，我就立刻过来，在打磨流水线上工作。多萝西甚至都不必知道。"

他深吸了一口气，默默地注视着我，仿佛我是一盘沙拉，而他忽然发现里面有一只死虫子，正在思索是否要叫服务员过来收拾。

"彼得，关于山羊的问题，我真心地希望你能再考虑一下。"

这令我大吃一惊，因为在此之前，我确实以为山羊的麻烦已经解决了。

“就山羊而言——”我刚一张嘴，便停住了，作为一句话的开始，“就山羊而言”这种表达未免太奇怪了。我本想硬着头皮讲完，却说不出口。

“听着，”他说，“我明白。当年我们结婚的时候，也打算一切从简，所以仅仅献祭了十二只山羊。但是，如果你们干脆放弃献祭，那么石神就会大发雷霆，给你们的房子布下诅咒，将你们的第一个孩子变成雕像，我可不允许这种情况发生。”

“先生。”我说，叫他“先生”感觉很别扭，因为在我和多萝西宣布订婚时，他曾紧紧地拥抱我，并且让我喊他“爸爸”，可是我知道，现在喊他“爸爸”恐怕更不合适。“先生，恕我冒昧，这种情况真的发生过吗？有人没献祭山羊，结果生下了一个雕像吗？”

“凯尔的妻子就是，参见《凯尔书》第十二章第八节。”

“好吧，当然，《凯尔书》里肯定有。但我的意思是，在现实生活中，有您认识的人遭到诅咒了吗？”

他缓缓地吸了一口雪茄，同时目不转睛地盯着我。

“我认识的每一个人，”他说，“都向石神献祭了。”

他掏出钢笔，在支票簿上潦草地写了几个字，那支钢笔的价格恐怕比我一年的工资还要高。“这样吧，”他说，“如果你愿意献祭山羊，我可以承担所有费用——无论你打算献祭多少只，我全包了。此外，我还会再给你添上一大笔钱，用来雇请屠宰师。至于你想让自己的弟弟负责屠宰山羊，转而把这笔钱花在其他地方，那是你的事情，我管不着……”

“谢谢您，但我要求的只是——”

“我认为我的提议非常合理。”他说。

我点了点头，感到十分羞愧，我竟然想跟占卜符文公司本地分公司的老板谈条件。

“而且，我相信自己是一个通情达理的人，一个思维开放、见过世面的人。但是，我女儿的婚礼上绝不能没有山羊。”

我前往大神父家，肯尼·索根弗雷穿着浴袍打开房门：“你好，教友。”

“我要跟多萝西说话。”

“噢，那可不行，伙计。在新娘和大神父上床期间，新郎是不能见她的。”

“我必须跟她说话，麻烦你告诉她，我有急事找她。”

肯尼·索根弗雷噘起嘴唇，眯了眯眼睛，然后关上房门。几分钟后，多萝西穿着浴袍出现了：“怎么了？发生什么事了？”

“首先，嗨，你看起来很漂亮。”

“彼得，到底怎么了？”

“我一直在思考婚礼的安排，我觉得咱们应该献祭山羊。”

多萝西迅速把“愤怒”从形容词变成了动词，朝我愤怒起来："这就是你所谓的'急事'？"

"呃，还有两周就要举行婚礼了，我得去山羊批发市场下订单……"

"好吧，所以，当我想跟大神父上床时，你认为那种做法愚蠢而老套。可现在，就因为你自己的弟弟是屠宰师，你反倒——"

"不，这跟他无关。"

"之前不是你希望一切从简吗？"

"实际上，"我说，"明明是你希望一切从简。不过，我们完全可以献祭十只山羊。那没什么大不了的，还会让许多人都感到高兴。"

她裹紧身上的浴袍："倘若今天我们说要献祭十只山羊，明天就是二十八只。转眼间，我们便会像其他人一样，准备二百只山羊。到头来，一场婚礼的大部分时间都得用于献祭。"

"我只是想让你明白，如果石神给我们的房子布下诅咒，把我们的第一个孩子变成雕像，那么生出雕像的人将会是你。"

她深深地吸了一口气，片刻间，这场争论似乎要结束了，然而紧接着，她说，"听着"，虽然在恋爱方面，我并非专家，但是至少我明白一件事情——以"听着"开头的句子肯定不是什么好话。没有人会说："听着，确实如此，你说得对！咱们别吵啦！"

“听着，”她说，“最近我想了许多，有时候是独自思考，有时候……是跟大神父肯尼·索根弗雷交谈。”

“交谈？什么交谈？”

“各种各样的交谈，彼得。”

“你为何要跟肯尼·索根弗雷进行各种各样的交谈？你只需要和他上床就行了，用不着交谈。”

“在上床之后，我们偶尔也会交谈一下。”

“那是两码事，从什么时候开始，交谈也变成上床的一部分了？”

“有些男人，”她说，声音里透着一丝尖锐，“愿意在事后聊天，而不是直接睡觉。实际上，这种做法非常体贴。”

“好吧，所以你们进行了交谈，那讨论的内容是什么？”

“你也知道，肯尼和不少新娘——几乎所有新娘——都上过床，他说其他新娘一般不会有这么多的……困惑。”

如果说在恋爱方面，我还有什么体会的话，那就是当对方表示“我有困惑”时，情况比让你“听着”还要糟糕。

“你有困惑？”

“是的，我产生了一些困惑。”

我突然觉得自己好像在跟另一个多萝西说话，一个崭新的多萝西，跟以往截然不同，我甚至都不知道该如何与她沟通。我努力捕捉她的视线，但是她不肯看我。“你不仅在床上交谈，还产生了困惑——你到底是怎么了？”

“最近你整天都待在采石场上，我根本就见不到你，我认为……对于我们的婚姻来说，这并不是好兆头。”

“‘不是好兆头’？这话谁说的？是肯尼·索根弗雷吗？”

“的确是他用语言表达了出来，不过在他开口之前，我已经意识到情况不太对劲了。”

“我一直在采石场上拼命地干活儿，就是想多赚些钱，为你举行一场完美的婚礼。”

“但是看起来并非如此。我总感觉你之所以工作到很晚，是因为不愿意跟我在一起。”

“你认为我不愿意跟你在一起？”

“我只是说，你给我的感觉是这样！”

“如果我不愿意跟你在一起，那我为什么要娶你呢？”

“我不知道！”她高声嚷嚷，“你为什么要娶我?！”

我立即想到了一百种错误的答案，却无论如何也想不到一种正确的答案，于是我便喊出了自己心目中错误最小的说法，那就是：“因为所有常见的理由！”

多萝西冷冰冰地重复了一遍，我从未听过有人用如此轻蔑的口气讲话：“所有常见的理由？”

“对，”我说，“常见的理由，完全是愚蠢的陈词滥调。比如，我爱你，我希望能跟你共度余生。还有，即便在生气的时候，我也依然爱你，每天最美妙的事情就是在你身边醒来。我感到十分痛苦，因为这些念头太普通了，好像我们跟一般的恋人没有什么区别。我很想相信，我们的爱是独一无二的，比任何人的爱都更加深沉，并且充满了无尽的乐趣，然而令人心碎的是，我对你的爱其实一成不变、非常枯燥。”

我看到多萝西的脸色渐渐柔和起来，这是一件好事，因为我已经无话可说了。

“所以你才想在我们的婚礼上献祭山羊吗？”

“就山羊而言……我答应了你爸爸会献祭山羊。我需要再向他借一笔钱，因为我给你买了菲利克斯·沃伊诺夫斯基的承诺蛋，但是我负担不起。”

多萝西捂住嘴巴，瞪大眼睛：“你买了沃伊诺夫斯基的承诺蛋？”

“嗯，”我说，“我知道这很傻，从头到尾都很傻，可是……我爱你。”

多萝西露出微笑：“这一点儿也不傻。”她的语气似乎很平静，我明白她想表现出若无其事的样子，但是由于她嗓音沙哑，眼泛泪光，这句话听起来就像是全世界最真诚的告白。

“是吗？”我说。她点了点头。

“那还用问嘛，”她显得温柔而甜美，“我简直太高兴啦！”

说真的，以前我就认为多萝西很漂亮，可是，当我站在圣坛上，看到她穿着婚礼斗篷走进好教堂，彩色玻璃窗在她的身后闪耀时，我觉得就算自己活到一百岁，这也是我今生所见最可爱的景象。那一刻，我心想：这就是举行婚礼的最佳方式，因为在这样的婚礼上，我将迎娶多萝西。

我的弟弟负责屠宰山羊，我们决定献祭五十只，凑个整数，一切都进行得非常顺利。然而半小时以后，在埃斯特尔姑妈朗诵格特鲁德·斯泰因的诗歌时，我们才发现其中一只山羊还没有完全死透，它跳下祭台，在过道上爬来爬去，扯着嗓子哀嚎，弄得到处都是血。我的弟弟一跃而起，试图抓住它，可是那个小东西滑溜溜的，身上沾满了其余四十九只山羊的鲜血和内脏，红色的液体喷向四面八方。我的母亲凑上前来，低声嘟囔："这就是为什么你得找一位专业的山羊屠宰师。"

不出所料，尖叫合唱团中的一名成员因此受到了刺激，他开始哭泣、挥手和呐喊。接着，他旁边的那名成员也开始哭泣、挥手和呐喊。转眼间，十二名成员纷纷爬上了合唱台，拼命地翻着白眼，一起哭泣、挥手和呐喊，疯狂地表演哀歌。

而另一边，埃斯特尔姑妈依然在朗诵格特鲁德·斯泰因的诗歌。她不知道该怎么办，于是便提高声音，念得越来越响亮。

我的母亲再次倾身向前，嘀咕了一句："看在诸神的分儿上，你就不能去帮一下你弟弟吗？"

我跑上过道，弟弟把山羊赶进我的怀里。我不小心滑倒了，一屁股跌坐在血泊中，但是我紧紧地抓住了那只蠕动的畜生，令它无法挣脱。我的弟弟浑身颤抖，我终于明白了，为什么大多数新人都会等到婚礼结束之际再把献祭仪式的匕首递给最小的表亲，让对方动手给山羊开膛破肚。那样的安排总是显得虎头蛇尾，感觉非常扫兴，所以我们便早早地派年轻的塔克上场了，可是现在事实证明：你一定得好好保管那把匕首，千万不能提前交出去。

“接下来要干吗？”我的弟弟问。

“我哪儿知道！”我一边嚷嚷，一边竭力控制那只抽搐的动物，“你才是对付山羊的专家！”

然后，多萝西喊了些什么，但是在混乱之中，我听不清楚，合唱团和埃斯特尔姑妈的声音实在太大了。多萝西又喊了一遍，并且指着教堂后排的阉人，我立刻朝弟弟大叫：“那个蛋！”

我的弟弟冲向后排，打算从阉人手中夺取硕大的银蛋。阉人已经对酒神发过誓，决计不惜一切代价保护这个蛋，直到婚礼结束为止，因此他坚决不肯松手。可是，我的弟弟一拳揍在他的脸上，他踉踉跄跄地倒退了几步。我不禁打了个寒战，暗暗猜测多萝西的家人看到这一幕会是什么感受——更别提高高在上的酒神了，如果他当真存在的话。我相信我的母亲肯定在想，她养育的儿子不该这么差劲，然而有时候，在紧要关头，你必须往阉人的脸上揍一拳，才能抢走他的巨型银蛋，用作宰羊的工具。

此时，尖叫合唱团已经走到中间，开始在过道上哭泣、挥手和呐喊了。我的弟弟别无选择，只好跑向侧面，绕过教堂里的所有人，回到我和山羊的身边。

我躺在地上，努力调整姿势，摆正那只蠕动的畜生，好让弟弟能够迅速砸中它的脑袋。他把承诺蛋高高举起，但是紧接着，山羊的眼睛抽搐了一下，直勾勾地盯着他，我的弟弟突然心软了。

“快动手！”我高声喊道，山羊在我的怀里弓起后背，用力踹向我的肚子，“你还在等什么？”

“不行，”我的弟弟说，“我办不到。”

他颓然跪倒在地上，轻轻地抱着银蛋，就像搂着一个婴儿。我既替他感到难过，又忍不住暗自懊恼，为了送他去大学里主修山羊屠宰专业，我的父母着实浪费了不少钱财。

“去他的，”多萝西的闺密妮基说，“让我来。”

妮基挤进过道，从我弟弟手中夺走银蛋，情急之下，她打翻了摆在旁边的一根蜡烛，火苗接触到她的裙摆，立马就点着了，烈焰腾空而起，犹如耶鲁节烤野猪的篝火。妮基扔掉承诺蛋，沿着过道跑来跑去，身上的连衣裙熊熊燃烧。她在尖叫，山羊也在尖叫，然后所有人都开始尖叫，除了埃斯特尔姑妈——愿诸神保佑，她还有任务要完成，没念完那首诗，她绝不会坐下。

我望向自己的新娘，她站在圣坛上，呆若木鸡，嘴张得很大——我保证，你肯定没见过有人把嘴张得那么大。

她用深邃的大眼睛盯着我：你能相信竟然会发生这种事情吗?

我无奈地看着她：没办法，咱们还能指望什么呢?

山羊在我的怀里抽搐，多萝西忽然放声大笑。她举起胳膊，伸出下巴，仿佛要开始跳绿帽子树精舞了。接着，我也大笑起来，我们俩都笑得前仰后合。我暗暗向诸神发誓，我真是全世界最幸运的男人。我注视着她，火焰在周围跳动，身上沾满了鲜血，耳畔回荡着合唱团的哭号和山羊垂死的呻吟。我希望可以再娶她一次。

我希望能够娶她一百次。

错失的缘分[1]——男找女

我在开往曼哈顿的布鲁克林地铁N线上遇见了你。

我穿着蓝色的条纹T恤和红褐色的裤子，你穿着葡萄绿的裙子和奶油色的上衣。

你从德卡尔布大道上车，坐在我的对面，我们之间产生了短暂的眼神交流。我好像有点儿喜欢你，这种坠入情网的方式很愚蠢——仅仅看到一个人的外表，便开始凭空猜测，然后爱上了自己的想象。但是我又觉得，那样的感受并非毫无理由。

我们互相看了几眼，接着移开目光。我努力思索要对你说什么，也许我可以假装自己不知道去哪儿，主动向你问路，或者夸赞一下你的靴形耳环，或者只是简单地讲一句“今天真

---

1. 错失的缘分（Missed Connection）：美国大型分类广告网站上的私人广告版块，如果偶然相遇的两个人由于害羞或其他原因而未能交换联系方式，可以在这个版块上发帖寻人，帖子的类型包括男找女（m4w）、女找男（w4m）、男找男（m4m）和女找女（w4w）四种。

热”。可是，这些搭讪方式似乎都很傻。

有一次，我碰巧发现你在盯着我，你立即收回视线，从包里掏出一本书，开始阅读，那是林登·约翰逊[1]的传记。不过，我注意到你始终都没有翻页。

我本该在联合广场下车，但是到站以后，我决定继续逗留。我悄悄地为自己辩解：我完全可以在四十二街换乘7号线，其实这样非常方便。然而到了四十二街，我还是没有下车。你肯定也坐过站了，因为当列车抵达终点站迪特马斯林荫路时，我们俩都待在车厢里，静静地等着。

我望向你，好奇地歪了一下脑袋。你耸了耸肩，举起手中的传记——你之所以没有及时下车，是因为你在专心看书，仅此而已。

我们搭乘地铁原路返回，穿过阿斯托利亚，跨越东河，在市区里蜿蜒前进，从时报广场到先驱广场，再到联合广场，在苏豪区和唐人街的下方飞驰，驶上通往布鲁克林的大桥，经过巴克莱银行、展望公园、夫拉特布什大道、米德伍德和羊头湾，直奔康尼岛[2]。当列车停在康尼岛时，我知道自己必须说点儿什么了。

---

1. 林登·约翰逊（Lyndon Johnson，1908—1973）：美国第36任总统，任期为1963年至1969年。

2. 康尼岛（Coney Island）：纽约地铁N线南边的终点站。

我依然什么都没说。

于是，我们重新出发。

列车沿着 N 线往返，一遍又一遍。我们遇到了上下班的人潮，然后看着他们陆续消失。在跨越东河时，我们望见了曼哈顿的落日。我暗自定下最后的期限：我会在抵达纽柯克之前跟她说话；我会在抵达坚尼街之前跟她说话。然而，我一直保持沉默。

连续数月，我们都坐在车上，一言不发。孩子们为了给篮球队筹钱，经常在地铁里兜售彩虹糖，我们就是靠着一袋袋零食才活了下来。我们大概听过一百万支流浪乐队的演奏，还有十万名霹雳舞者差点儿踹到我们脸上。我不停地向乞丐施舍，直到自己身无分文。当列车驶上地面时，我总能收到许多短信和留言（“你在哪儿？发生什么事了？你还好吗？”），最终手机的电量也耗尽了。

我会在天亮之前跟她说话。我会在周二之前跟她说话。时间拖得越久，开口就变得越难。如今，我们已从同样的站台经过了一百次，我还能对你说些什么呢？如果回到 N 线转接本地 R 线的第一个周末，也许我可以说：“哎，这下麻烦了。”但是现在我没法说了，不是吗？每次你打完喷嚏，我都要懊悔好几天——为什么我没有说“祝你健康”？一句小小的开场白便足以让我们进行交谈，可是我们仍旧傻傻地坐着，沉默不语。

有些夜晚，车厢里仅仅剩下我们两个人，可能整趟列车上也只有我们俩。即便在这种情况下，我依然不好意思打扰你。她在看书呢，我暗自思忖，她不愿意跟我说话。然而，在某些时刻，我还是能感受到彼此之间的默契。如果有人高喊关于耶稣的疯狂话语，我们会立即交换眼神，作出相似的反应。如果看到牵着手的少男少女，我们会不约而同地心想：年轻人的爱情。

我们在那节车厢里坐了整整六十年，竭力假装自己没有注意到对方。我对你非常熟悉，尽管只是停留在表面。我记住了你身体的线条、脸庞的轮廓和呼吸的节奏。有一次，你瞥向旁边乘客的报纸，然后我看到你哭了。不知道你是为了特定的事件而落泪，还是仅仅为了流逝的光阴——岁月的脚步起初很难察觉，待到一朝醒悟，却发现为时已晚。我想安慰你，伸出胳膊拥抱你，告诉你一切都会好起来的，但那样未免显得太过亲昵。于是，我坐在原地，纹丝未动。

有一天下午，当列车驶入皇后区广场时，你站了起来。这个简单的动作对你而言非常艰难，因为你已经有六十年没站起来了。你抓着扶手，勉强走到门口。你犹豫了一下，也许是在等我出言阻拦，给我最后一次机会。然而，我并未吐露压抑了一生的话语。相反，我没有作声，只是静静地看着你从逐渐合拢的滑动门之间迈了出去。

又过了几站，我才意识到，你真的走了。我一直在等你重新踏进车厢，坐到我的身边，枕着我的肩膀。我们什么都不会说，也不必说。

当列车返回皇后区广场时，我伸着脖子，四处张望。也许你还在站台上等待，也许我会见到你，你的脸上洋溢着灿烂的微笑，飞驰的地铁带起一阵微风，吹动你的白色长发。

可是，外面没有你的身影，你已经走了。我明白自己恐怕永远都无法再见到你了。我心想，能够认识一个人六十年，却又不曾完全了解对方，这种感觉是多么奇妙啊！

我留在自己的座位上，直到列车抵达联合广场。然后，我终于下车，换乘了 L 线。

多情专一者的纽约市地标指南

圣帕特里克大教堂[1]矗立在第五大道的东侧，位于五十街和五十一街之间，那是一个具有特殊意义的地方，因为你和艾瑞克曾经坐在门前的台阶上吃冻酸奶。

如果你偶然路过这座新哥特式风格的罗马天主教堂，望见依旧热闹的场景，你肯定会立刻回到几年前那个遥远的夏日。当时，你们俩经历了漫长的争吵，终于又和好如初。这次的曼哈顿之旅非常美妙，感觉就像过去一样。你高兴地扬起嘴角，撒满榛子和香蕉的冰激凌逐渐融化，黏糊糊的糖水顺着你的胳膊流淌。

忽然，艾瑞克盯着你，露出灿烂的微笑："嘿，你沾上了

---

1. 圣帕特里克大教堂（St. Patrick's Cathedral）：美国纽约市的著名地标之一，位于曼哈顿中城。

一点儿……”他摸向你的脸庞，你本能地避开了他的手。这种闪躲只是无心之举，并非有意而为。可是，在短短一瞬间，整整一天的快乐便彻底粉碎了。

你和艾瑞克在教堂的阴影中对视，你看到艾瑞克面色一沉，就像你经常瞧见的那样，这是艾瑞克的专属表情。

“现在咱们要做什么？”艾瑞克问。

你摇了摇头：“我不知道。”

就这样，你们俩坐在教堂的台阶上，沉默了许久。

后来，你和艾瑞克回到他的公寓里做爱。但是，任何补救都来不及了，因为伤害已经造成了。

纽约处处都有往事的痕迹，比如格林威治村[1]的韦弗利餐馆。你和基思从埃米莉的二十六岁生日派对上溜出来以后，正是在那里吃着煎饼，通宵聊天。

你和基思之间有说不完的话。当时，你刚刚跟艾瑞克分手，而基思与艾瑞克截然不同，简直就像是艾瑞克的反面。

如果你理智地考虑一下，也许就能提前猜到，最终你会让基思承受不该有的痛苦。然而那天晚上，一切都显得完美无

1. 格林威治村（Greenwich Village）：美国纽约市曼哈顿西边的一片街区，在 20 世纪被称为“艺术家的港湾”。

缺。你喜欢基思，你觉得自己似乎也赢得了他的好感。仿佛你已经等待了一生，只为遇见这个男人。

有时候，你依然会路过格林威治村的美洲大道，看见那家韦弗利餐馆。但是，你已经很少进去了，而且再也没点过煎饼。

还有哪一座城市如此沧桑，见证过无数的血腥冲突？有一回，你要跟鲍里斯的父母去高线公园[1]散步。在见面之前，为了打发时间，你走进位于第九大道和十三街交叉口的复古家居[2]闲逛。你顺手拿起一把锅铲，忽然想到了两年前在基思的厨房里发生过的一场争吵。

那次谈话的开始极为寻常，基思仅仅是问了一句："你想在鸡蛋卷里放什么？"不知为何，两小时后，情况却发生了天翻地覆的变化，他高声大喊："我觉得你不是真的爱我，你只是害怕孤单。"而你则疯狂地挥舞着锅铲，毫不犹豫地反唇相讥："我确实很孤单，你根本不明白我有多么孤单。"仿佛这样说就能占据上风。

如今，你在复古家居里发现了一把相同的锅铲，样式竟然

1. 高线公园（High Line）：位于美国纽约市曼哈顿中城西侧的一个线型空中花园，原本是废弃的高架铁路，后经改造变成了带状公园。
2. 复古家居（Restoration Hardware）：美国家具品牌，创办于 1979 年。

毫无差别，握在手中的重量也十分熟悉。你语无伦次地向鲍里斯解释了这件东西的可怕意义，他皱着鼻子说：“如果咱们俩还打算继续前进的话，有朝一日，你必须停止回首过去。”

深夜，鲍里斯喝醉了酒，打电话问你是否愿意去史泰登岛[1]，而此时，你已经开始跟肖恩交往了。你从没去过史泰登岛，鲍里斯也是一样，既然鲍里斯马上就要搬到费城了，现在似乎正是参观史泰登岛的最佳时机。

鲍里斯曾经让你随他一同前往费城，可是那样未免太远、太快、太复杂、太鲍里斯了。最终，你还是选择了纽约。你和鲍里斯分手，在布希维克[2]租下属于自己的房间，开始跟肖恩约会——肖恩在联合泳池[3]工作，是一位帅气的调酒师。你觉得自己不会再见到鲍里斯了，但是，在离开纽约的前一天晚上，他醉醺醺地打来电话，邀请你踏上一趟冒险之旅。

事实证明，史泰登岛上没有多少看头，起码在午夜之后显得平淡无奇。尽管乘船的过程非常浪漫，然而一旦抵达那里……这么说吧，你可以坐电梯上到渡轮大楼的顶层，如果觉得无聊，还能再搭电梯下来。

---

1. 史泰登岛（Staten Island）：纽约市的一处岛屿，与布鲁克林区隔海峡相望。
2. 布希维克（Bushwick）：纽约市布鲁克林区北部的一片街区。
3. 联合泳池（Union Pool）：纽约市联合大道上的酒吧，商标图案为跃入泳池的女子。

渡轮大楼里有一个鱼缸，底部贴着一些说明，解释了在史泰登岛渡轮大楼内放置鱼缸的合理性。那是一个巨型鱼缸，极为沉重，地板必须用铁条来支撑。“制造这个鱼缸是一项了不起的工程，需要投入大量的劳动。”根据你仅剩的回忆（之后你再也没有去过那里），底部的介绍牌写着：“我们之所以如此煞费苦心，全是为了你们这些来到史泰登岛的游客，所以你们最好要懂得感恩！”

你记得自己站在鲍里斯身边，念着鱼缸介绍牌上的内容。你原以为在永别的前夕，你们会有许多话要说，结果却发现，你们早就把一切都说完了。于是，你们没有再重复那些话，而是并肩站在渡轮大楼里，默默地阅读鱼缸底部的文字。

“欢迎来到史泰登岛，”介绍牌上可能是这样说的，“希望你们玩得开心！如果情况发生变化，如果你们当中没有人要永远离开这座城市，也许有朝一日，你们还会再来。也许今晚的经历将会成为更加特别、更有意义的事情，而不仅仅是一次偶然的尝试。毕竟，有何不可呢？但是，换个角度来讲，最好不要想得太多，单纯地享受此刻就行了。你们还得坐船返回曼哈顿，倘若你的内心装满了无谓的假设，渡轮恐怕会在重压之下沉入海底。”

纽约，曾经被早期的荷兰殖民者称为“新阿姆斯特丹”，又被当地的阿尔贡金族[1]称为“雷纳佩霍金”，若隐若现的过去笼罩在这片土地上。地铁隧道里充斥着无数的冒险，拥挤得几乎无法通行。如果你在威廉斯堡[2]搭乘L线，定睛观察快速闪过的罗里默街站台，你会看到一名年轻的女子在等车，她发型凌乱，妆容模糊，其实就是之前的你。有整整六周，你总是在凌晨三点离开肖恩的公寓，手上拎着高跟鞋，摇摇晃晃地往家走，只是因为你不想做那种留下过夜的姑娘。

城里遍布着引爆装置，你在这儿生活得越久，埋下的地雷就越多。比如亚斯特坊广场的盖璞[3]，鳄鱼酒吧的卫生间——你经常撞见往日旧火残留的烟雾，而且，随着你跟其他的重要对象度过崭新的重要时刻，这种概率还在不断增加。

你的心思变幻无常，导致悲剧频繁上演，英雄们纷纷倒下，牺牲者数不胜数，需要悼念的名单冗长，甚至可以填满整整一片街区。然而，只有一个地方，你明白自己永远都不能回去。

你知道它在哪儿，你总是绕道而行，眼不见为净，以免想

---

1. 阿尔贡金族（Algonquin peoples）：北美洲人数最多、分布最广的土著部族之一。
2. 威廉斯堡（Williamsburg）：纽约市布鲁克林区的一片街区。
3. 盖璞（Gap）：美国服装及配饰连锁店，创办于 1969 年。

起当初发生的事情。这个地方太可怕了，它会彻底将你吞噬，让你跌入无尽的深渊。其实，那原本是一栋普通的褐砂石双层建筑，位于卡罗尔花园，里面有一套单间，年轻的你和一个男人曾经傻乎乎地称之为“家”。如今，在你的手机上，这个男人被标记为“不要打给他”。

有时候，你想象“不要打给他”也在刻意回避。你想象你们两个都不去从前的住处，因此不会在屋外的人行道上碰面，你没有机会指责他对你犯下的错误，也无法向他解释，尽管现在你已经克服了分手的伤痛——完全克服了——但你还是想确保他不会再那样对待另一位姑娘。

“你可真是一个博爱的人道主义者。”他会嘲讽地说，而你则忍不住纳闷儿，一开始为什么要拼命躲着他？

布朗克斯[1]，那是人们决定结婚的地方，确切地说是布朗克斯的动物园，尤其是动物园的猴舍跟前，你的爷爷奶奶在恋爱六周后参观了布朗克斯动物园的猴舍，并且当场决定结婚。

“你们才交往了短短六周，怎么能作出如此重大的决定？”有一回，你问奶奶，“你们甚至都不了解对方。”

“在那个年代，大家不会拖拖拉拉。如果你爱一个人，你

1. 布朗克斯（Bronx）：纽约市的五个行政区之一。

就可以嫁给他。”

“但是，你如何知道自己的选择是否正确呢？”

“很简单，”她回答，“我问你爷爷：‘你觉得咱们俩应该结婚吗？’他说：‘干脆问问猴子吧。喂，猴子！你们觉得我们应该结婚吗？’猴子哈哈大笑，他说：‘我估计它们同意了。’”

“仅此而已？只是因为猴子哈哈大笑，你们就结婚了？”

你的奶奶耸了耸肩：“我认为这是一种征兆。”

后来，你带亚历克斯去过一次布朗克斯动物园——或者不是亚历克斯，而是安东尼？总之，你想看看那些灵长类动物是否会对你施展魔法，然而猴舍已经不见了。早在 2012 年，它就被拆除了。

你相信这是一种征兆。

皇后区的阿斯托里亚[1]，有一个小小的单间公寓，此刻你的最爱卡洛斯正在那儿准备研究生院的申请。在上班的枯燥日子里或者 N 线的漫长旅途中，你会幻想卡洛斯被某所学校录取，而你将随他远走高飞。

你会想象跟这个男人共度余生，就像你以前想象跟其他男人厮守一样——并非因为你觉得自己必须如此，而是因为你忍

1. 阿斯托里亚（Astoria）：纽约市皇后区的一片街区。

不住去想。

你会想象你们的孩子、家庭旅行和纪念日晚餐，你们将一起洗碗，互相打断并纠正对方讲述的故事和笑话，你们约好绝不带着怒气上床睡觉，尽管那意味着你们常常要彻夜争吵。

但是，大多数时候，你会想象自己生活在其他地方，远离这座曾经无比繁华、如今拥堵不堪的“世纪之都”。你觉得，你可以住在奥斯汀[1]，或者明尼阿波利斯[2]。你听说西雅图非常美丽，而你还从未去过。

有朝一日，你会坐在新租的市区顶层公寓（或者西雅图常见的任何公寓）里，感受宽敞的空间，享用早餐和茶水，浏览周末的《西雅图时报》。卡洛斯冲你微笑，你也报以莞尔，他习惯性地抬起胳膊，胡乱挠了挠后脑勺，接着开口说道：“嘿，不如找个时间去纽约旅行吧？咱们可以看一场百老汇的音乐剧，顺便见见老朋友……”

卡洛斯会把两只麦片碗都洗干净——刚搬来时，你买了一套崭新的餐具，其中就包括那两只碗。在走向水槽之前，他会温柔地亲一下你的额头，这个额头已经被许多男人轻轻地吻过，犹如一块石碑，矗立在埋葬无数亲吻的墓地上。

---

1. 奥斯汀（Austin）：得克萨斯州的首府。

2. 明尼阿波利斯（Minneapolis）：明尼苏达州最大的城市。

你朝面前的男人扬起嘴角，心里暗暗思忖，他是否也会像之前的男人一样，最终变成一段苦乐参半的回忆，他是否也会走进同样的误区，对你越来越熟悉，却又始终不够了解。

“你觉得呢？你想回纽约逛逛吗？”

“不，”你说，“那里的幽灵太多了。”

科学男

那时候，我的妻子已经怀孕十一个月，我总感觉她的孕期太长了。

“这种情况正常吗？”我会问。

杰茜卡（杰卡）回答：“医生说正常。”

我会说：“我认为不正常。”

她则说：“你是 Doctor（医生）吗，约尼？”

然后我说：“对啊，其实我就是 Doctor（博士），你也是。严格来讲，咱们俩都是。”

她便说：“我们能换个话题吗？”

我拿到的是航空航天工程方面的博士学位，但我真正热爱的领域始终是分子生物物理。当我的良师益友卡尔·黑斯莱茵博士打来电话时，我正在给一个到课率极低的班级讲科技哲学课。这是一群懒惰的大二学生，上的是一所名不见经传的三流大学，他们希望在我的课上轻松混到通识教育的必修学分。我并非有意贬低这所学校及其学生们，而只是在客观地陈述事实。

我在班上展示了一张幻灯片：

（这是我自己画的。）

“首先，一个好消息，”我说，“我们完蛋了。我们的星球正在死亡，宇宙正在消失。我们的朋友、亲戚，我们曾经认识的每一个人，即将认识的每一个人，我们数千代以后的子孙，我们所有的人，都在慢慢、慢慢地走向毁灭。”

我切换到下一张幻灯片：

然后我说：“哦，不好意思，我刚才说的是‘好消息’吗？”

这时，手中的讲稿提示我“稍等，待笑声平息”。

可是并没有人笑。

我还是停顿了一下。

“不过确实有好消息，”我接着说，“那就是在我们统统死亡以后，科学将继续活着。无论我们是否尝试去理解它，科学都会一直存在，它根本就不在乎我们的死活。

“科学就像无情的前任，它绝不会思念你。当然，这听起来可能有点儿恐怖，但也非常激动人心，不是吗？”

我的手机响了。我立刻意识到对方是黑斯莱茵博士，因为铃声是贝多芬的《心系维也纳》，旋律华丽悦耳，令人难以忘怀。

我接起了电话：“黑斯莱茵博士！我正在上课。”

学生们继续往笔记本电脑和手机里输入内容，我满意地想，他们在记下我的私人通话。可是，奥卡姆剃刀原理[1]恐怕会指出，他们从未做过任何笔记。

卡尔快速地讲着颠三倒四的语句片段，仿佛他也跟科学一样，没打算让人理解：“约尼！经费！委员会！审核！批准了！要开始了！我简直！不敢相信！就要开始了！”

他说“要开始”的东西是一个项目，名叫“反门”。在成

1. 奥卡姆剃刀原理（Occam's razor）：一种解决问题的法则，由英国经院哲学家、圣方济各会修士奥卡姆的威廉（William of Occam，约 1287—1347）提出，主要认为相对简单的方法更有可能带来正确的答案，即在解决一个问题时，如果出现了多种理论，那么应该选择假设最少的理论。

人生活的大部分时间里，我和他都幻想着从事这个项目，如今，曾经的白日梦突然变成了现实，弗兰克与费莉西蒂的菲尔丁氏基金会[1]慷慨解囊，向我们提供了一大笔经费。

我第一次对卡尔的研究产生兴趣是在几年前，也就是在地铁上经历了“可怕的事情”之后。

当时我正在读米尔顿·希尔顿的新著，这是一本讲述粒子速度级别的书，了无新意。忽然，响亮的声音传来，我听到“可怕的事情”发生了。

“不要！请别这样！”

我没有抬头。

“救命！”一声呼喊。然后，可能怕我没有听到，对方又补充了一句：“请帮帮我，求您了！”

我尽量充耳不闻。

我把注意力集中在书里的文字上，反复念着同一个段落，上面写的是：

> 粒子，粒子，到处都是粒子。还有，黛布拉。我爱你，但是我觉得自己需要一点独处的时间。

---

1. 弗兰克与费莉西蒂的菲尔丁氏基金会：原文作 Frank and Felicity Fielding Foundation，四个单词的首字母均为 F，有调侃意味。

我和杰茜卡的晚饭是中国菜。妻子不喜欢做饭——抱歉，这话说得好像她应该喜欢做饭，好像那是她的工作似的。其实，我们俩都不喜欢做饭，所以我们经常点外卖。那天晚上，我们吃的是中国菜。

我说："今天过得怎么样？"

她说："该死的果蝇……"

我说："是啊……"

她说："今天过得怎么样？"

我说："米尔顿·希尔顿向黛布拉求婚了。"

她说："太好了。"然后说，"黛布拉是谁？"

我说："我也不知道。"

夜里，我躺在床上，凝望星空（那会儿我们家正在装修，卧室没有屋顶）。我想起白天的经历，反思自己的沉默，当"可怕的事情"发生时，我何以什么都没做；我想知道，假如有个更好的我，是否会表现得勇敢一些？

此后，日复一日，月复一月，年复一年，我一直在思考这个"反我"：当我对妻子冷漠的时候，他可以非常亲切；当我对学生发火的时候，他则很有耐心。尤其是，想说"我爱你"却变成"别乱碰"，想说"是的"却变成"什么"，想说"一切都会好起来的"却什么都没说。每当这些时候，我总是想起那个“反我”。

假如我告诉你，我已经数不清自己有多少次做错决定、选错用词、走错道路了，你要知道，这并非谦虚，我敢肯定，我的计算能力无可挑剔。但是，如果有另一个我，一个相反的我，确实把所有事情都做对了，那么我相信，这个家伙真的可以成为了不起的人物。

黑斯莱茵博士曾在论文中详细描述过反宇宙，它跟我们的宇宙正好相反，却又颇为相似，使我们达到平衡，得以中和，接收我们多余的能量，并将其转化成反能量。更加勇敢、睿智、美好的“反我”就住在那里，过往所有人的“反我”也都住在那里。反宇宙的一切事物正好严丝合缝地填补我们的空隙，二者就像切成两半的英式松饼。在我们这里是问题，在他们那里便是答案，反宇宙能激发我们变成更好的“反他们”。

现在，资金终于到位了，黑斯莱茵博士正在组建一个团队，物理学家和工程师们将设计并建造通往反宇宙的大门。他问我，是否愿意跟他一起创造历史，假如我的本职工作还不算太忙的话。我的所谓本职工作，不过就是在一帮百无聊赖的本科生面前自说自话。这个连想都不用想。

那年秋天，“反门”项目正式启动了。其预设是，当我们在构筑一扇向内敞开的大门时，反宇宙里的科学家们也会相应地建造一扇向外敞开的大门，原因无他，逻辑推理而已。

在我开始这份工作的第一天，杰茜卡坚持要陪我走到地铁站。她说：“小心那些复杂的理论公式，好吗？有的公式可是非常尖锐的。”

我说：“我一定会记得戴手套。”

“说真的，你这是在跟时间和空间的基本要素打交道。千万别制造出一种矛盾的口袋宇宙[1]。如果你在那儿从未出生可就麻烦了，我还需要你打扫车库呢。”

我说：“你的担忧令人感动。”

她说：“开玩笑的！对不起，我太紧张了。”

我说：“别紧张，否则对孩子不好。”我亲了亲她的额头。

她说：“不过，说正经的，等你回来之后，可以打扫一下车库吗？”

当然，宇宙并不是非黑即白的，事物的反面比我们预料中还要复杂一些。

一条狗的反面可能是一只猫，或者是一条不同的狗，或者什么都不是，相当于没有狗。

---

1. 口袋宇宙（pocket universe）：宇宙暴胀理论的一个概念，由美国理论物理学家及宇宙学家阿兰·古斯（Alan Guth，1947—）提出，认为整个宇宙中存在着无数个口袋宇宙，而我们只是生活在其中的一个口袋宇宙里。

我必须重申，这是一种过于简化的描述，但它确实能够体现基本原理。下面再举几例：

例：	**可能出现的反面**
今天我不会出门。	今天我 [会] 出门。 今天我不会 [待在家里]。 今天我 [会][待在家里]。 [每天] 我 [都会][待在家里]。
我的母亲	[我的父亲] [我的妻子] [我尚未出生的孩子] [我的母亲][（我的母亲去世了）]
我不说“我爱你”。	我 [说]“我爱你”。 我不说 [“我恨你”]。 [你] 不说 [你爱我]。 我不说“我爱你”。[我连想都不想。]

请注意最后一个例子，总共有四种情况，在后三种情况下，沉默的反面还是沉默。我们大张旗鼓地宣扬，声称代表平衡与理解的新时代即将到来。可是我们进行的测试越多，内心

的把握就越小，我们花费了八个月的时间来建造反门，却无法确定另一边究竟是什么。

如果通过这扇门以后，重力将你从地面上拽走，扔向外太空，那该怎么办？如果另一边的氧气有毒呢？如果你离开的房间没有食人鱼，你会迈进一个满是食人鱼的房间吗？最糟糕的是，如果另一边的世界没有比我们自己的世界更好或者更差，仅仅是不同而已，那该怎么办？如果对面也充斥着战乱、饥荒、邪恶与懦弱呢？

可是，弗兰克和费莉西蒂夫妇及其菲尔丁氏基金会不关心假设，他们只在乎结果，而我们无法提供结果，因此他们决定削减经费。于是，我重新回到了枯燥的日常生活中，在讲台上扮演老师的角色，让宿醉的青少年感到厌烦，在家中履行丈夫的职责，并且最终很可能会成为一名父亲。

有一天下午，我讲了一堂课，主题为“物质是否‘质’关重要”，班上的学生们反应格外冷淡。下课之后，我回到位于科学大楼四层的小办公室，学校认为我只配分到这样的地方——空间狭窄，灯光昏暗。而此刻，我发现屋里竟然比平常还要拥挤。

卡尔·黑斯莱茵霸占了我的椅子，双脚搭在书桌上。反门立在他的身后，挡住了面朝小路的窗户，那也是办公室里唯一的自然光来源。

“它怎么在这儿？”我问。

黑斯莱茵博士说：“你觉得我会乖乖地将它交给菲尔丁公司吗？他们根本就不知道该用它干什么！”

我说：“问题是咱们也不知道啊。”

他说：“在我找到更好的藏匿点之前，先把它放在这儿，行吗？”

我说：“可是，如果有人发现怎么办？万一我的学生想在办公时间来访呢？”

他说：“那种情况曾经发生过吗？”

我说：“没有，目前还没有，但我很期待别人给我惊喜。”

他说：“你就帮我保管几周吧，我保证，你甚至会忘记它的存在。”

然而，我并没有忘记。当我批改论文时，那扇门就在我身后。当我从学校食堂买来难以下咽的沙拉，回到书桌前吃午饭时，那扇门也在我身后。每一天，办公室都显得更加渺小，而反门则变得越发庞大。

当我接到杰茜卡的电话时，那扇门依然在我身后。杰茜卡已经怀孕一年半了，却丝毫不见分娩的征兆，于是她去了一趟医院。

“医生认为应该是心理问题，”她说，“他认为，可能我潜意识里还没有准备好迎接这个孩子。”

我说：“真的吗？那你怎么想？”

她说：“我想我准备好了，但是……也许我感受到了你没有准备好。”

“什么意思？我已经准备好了。”

她停顿了一下，接着说：“我觉得你并没有真正地接受现实，那就是一旦孩子出生，一切都会改变。我们的生活、我们的自由、我们的事业、我们看重的所有东西——”

我说：“你为何觉得我没有准备好接受这些呢？”

她叹了口气，说：“我不知道，约尼。”

我说：“我向你保证，孩子一定可以顺利出生，而且那将是最美妙的事情，我们也会成为优秀的父母。不过在此之前，在一切改变之前，我们为什么不能尽情享受这段额外的空闲时光呢？”

她说：“你瞧，所以我才说你没有准备好。”

我沉默不语。

她说：“对不起，约尼。”

我说：“等我回家以后再讨论这个问题吧。”

她说：“好的，约尼。”

我挂断电话，那扇门在我身后。

我转身看着它，

我握住把手，

我转动把手，

我打开反门，

我走了进去。

我刚跨过门槛，就一头栽进了水里，四肢着地，口吐鲜血，还吞下了一颗牙齿。我眯起眼睛，努力适应崭新的光线，结果发现这依然是那间狭窄的办公室，不过屋里有六英寸的积水，还有一个非常英俊的男人。他身穿深蓝色的灯芯绒外套，正在直勾勾地盯着我，我望向房门上的名字。

“你是约纳坦（约尼）·贝克尔曼。”我说。

他说：“才不是呢！伙计，我不知道你怎么会跑到我的办公室来，不过你想看我打篮球的视频吗？我可是投篮高手。”

我说：“你是我的反面。”

他说：“闭嘴，你是我的反面。”

我说：“嗯，这两种说法都对。”

他说：“呸，这两种说法都不对。”

我心想：天哪，这人真是太讨厌了。

然后他说：“嘿，伙计，我不知道你打算干什么，不过你想去我家吃晚餐吗？我老婆很会做饭，而且她还是个大美女呢。”

我们步行前往他家。所有街道都被淹没了，另一个约纳坦嘲笑我没带雨靴。刺耳的叫喊声此起彼伏，人们纷纷把大型电器扔出窗外，可怕的蝙蝠在路灯柱之间飞舞。

约纳坦住在河流中央的一栋豪宅里，墙壁泡得水渍斑斑。他一脚踹倒前门，冲着厨房嚷嚷：“杰卡（杰茜卡），我遇到了这个伙计，他要留下吃晚餐。”

我说：“我叫约尼，我和你丈夫在学校是同事。”

我第一眼便发现，杰卡·贝克尔曼丝毫没有怀孕的迹象。她在围裙上擦了擦手，然后朝我伸出胳膊，面带灿烂的微笑。“很高兴见到你，”她说，“晚餐马上就好。”

那是我多年以来吃过的最好的一顿饭。杰卡向我们介绍了她对四翅蜂鸟进行的研究。“严格来讲，它们并非真正的鸟类，”她说，“我们不知道它们究竟是什么，但是根据这些迁徙模式……”她的语速太快了，我几乎跟不上她的思路。她在各种念头之间疯狂地跳跃，有几次还不小心打翻了酒杯。“如果野外试验失败了，我肯定是活不下去了。我真的会直接倒在地上，像死人一样度过余生。可是，如果成功了，噢，约尼，如果能成功……那种美妙将无以言表。”

后来，约纳坦去洗碗了，我便把自己无聊的工作讲给他的妻子听。在某个瞬间，我似乎让她想起了什么，她咬了咬下唇，开口问道：“你喜欢地震吗？”

我说：“当然（确实如此）。不只是地震，还有龙卷风、飓风……当这些现象发生时，一切都会突然改变，规则也将失去作用。我喜欢突发状况。”

杰卡说：“告诉你一个秘密，我也是。”

我走到约纳坦的学校，穿过那扇反门，进入自己的办公室，搭乘地铁回家。我的妻子坐在客厅里，我使劲亲了一下她的嘴唇，然后说：“嘿，宝贝！给我讲讲果蝇的趣事吧。”

杰茜卡看着我：“约尼，它们只是该死的果蝇而已。”

我开始利用上课间隙频繁前往反门另一边的世界。每次我都会吐出一颗牙齿，接着顺手塞进衣兜，以便稍后杰卡能把它缝回我的嘴里。我渐渐熟悉了反面的贝克尔曼夫妇居住的街区，努力缩短自己从学校去他们家的时间。三十分钟。二十分钟。

我找到的这个新宇宙激动人心、惊悚诡异，而又无比浪漫，三种特质巧妙地融为一体。穿过反门，你将变得截然不同。你会失去一些东西，也能获得一些东西。你会忘记一些事情，也能发现一些事情。你伸手摸进口袋，结果却掏出一只先前没有的手表、一张陌生姑娘的照片，或者陌生男子的名片。

在我生日那天，杰卡给我烤了一个“震日蛋糕”[1]，制造

1. 震日蛋糕：原文作“earth-day-quake”，是由“earthquake”（地震）和“day”（日子）两词组合而成，与“birth-day-cake”（生日蛋糕）发音相近。

出一场甜点灾难，绿色的糖果小人在裂开的饼皮底下寻求掩护。

我们坐在一起，观看约纳坦的篮球比赛。场地位于一座小山顶上，这样他们就不用在水里奔跑了。我凑近那个跟我妻子相反的女人，轻声说："他确实打得很好。"

杰卡露出微笑："对吧？我本来打算做纸杯蛋糕的，可是……不知为何，我改变了主意。"

我说："没关系。反正我吃纸杯蛋糕的时候，总会忍不住产生罪恶感。"

她说："约纳坦也是。"我知道，我们当中肯定有人撒谎了。

我向她打听野外试验的进展，她垂下眼睛，目光闪烁。然后，她问我过年有什么安排："约纳坦必须留在办公室里批改论文。你来做客吧，好吗？我不想独自一人。"

我告诉杰茜卡，过年时我必须留在办公室里批改论文，没想到她竟然显得很不情愿。

"别让我一个人去参加那场聚会。"她说。

我说："你肯定没问题的。"

她说："对了，你猜怎么着？我正在烤一个馅饼。以前我从未烤过任何东西！"

我说："给我留一块。"

杰茜卡经常说“你猜怎么着”，因为：

1. 她觉得这样很可爱。

2. 她是一位科学家，而科学家（据她声称）应该不停地进行猜测。

当她心情愉快的时候，她会说：“你猜怎么着？你是我的丈夫。你猜怎么着？我爱你。你猜怎么着？你太可爱了，我想在你脸上揍一拳。”

当她认为我需要鼓励的时候，她会说：“你猜怎么着？”

我便说：“怎么着？”

她则说：“我觉得你很棒，我真为你感到骄傲。”

然而，更多时候，她会把这种表达用作嘲讽，比如：“你猜怎么着？你忘记洗碗了。”或者：“你猜怎么着？有人把鞋子扔在客厅中央，等着怀孕的妻子绊倒呢！”

新年前夕，我和杰卡站在厨房里，喝着葡萄酒，听着收音机（约纳坦已经把电视扔到窗外了）。

某国发生了战争，我非常肯定，在我的宇宙里没有那个地方。杰卡靠着水槽，咬住下唇，在向我提问之前，她经常这样做。

“你是什么时候意识到自己想当一名科学家的？”她问。

我便给她讲述了我的“科学启蒙故事”：

约尼·贝克尔曼的

“科学启蒙故事”

在我上四年级时，彼得·维斯跟家人去德国度假，回来以后高烧不退，咳嗽得非常严重。细菌在教室里肆意散播，犹如杰克逊·波洛克[1]的画作一样。

结果，班上的非犹太人集体病倒了。每一个金发碧眼的史密斯和凡德威尔特[2]都消失了，而不知为何，所有的罗森贝格和科恩[3]却显得越来越强壮，仿佛其他同学的缺席为我们补充了营养，就像花园突然摆脱了杂草。

最终，医生们发现彼得·维斯从他参观的一个集中营里感染了残余的毒素，而班上的犹太人都是当年幸存者的后代。祖辈们长期暴露在有害的环境中，早已产生了抗体，并且通过基因遗传给我们。从那时起，我就明白了，原来科学一直在我们周围活动。

---

1. 杰克逊·波洛克（Jackson Pollock，1912—1956）：美国画家，抽象表现主义运动的领袖人物，1947 年开始使用“滴画法”，即借助画笔、带孔的盒子或喷雾器等工具，让颜料飞溅到画布上。
2. 史密斯（Smith）：源于英语的姓氏。凡德威尔特（Vanderwilt）：源于荷兰语的姓氏。此处用这两个姓氏来代指非犹太人。
3. 罗森贝格（Rosenberg）：源于德语的姓氏。科恩（Cohen）：源于希伯来语的姓氏。此处用这两个姓氏来代指犹太人。

其他领域都是静止的：布鲁图[1]永远地背叛了恺撒，一加一总是等于二，还有，两个元音并肩走，前面那个会开口。然而，在科学方面，我们可以不停地得到新发现。

我们是最后的开拓者。

杰卡盯着我，再次咬住下唇，我看得出来，她有话要问。于是我说："怎么了？"

她说："穿过反门让你觉得更幸福吗？"

我说："见到你总是很幸福的。"

她说："嗯，不过我在想……假设我现在的幸福程度是三分之一，如果我穿过那扇门，我的幸福程度会突然变成三分之二吗？"

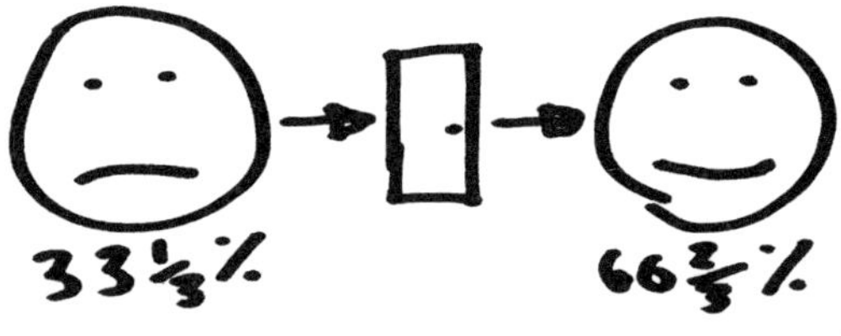

1. 布鲁图（Brutus）：马尔库斯·尤利乌斯·布鲁图（Marcus Junius Brutus，公元前85—前42），晚期罗马共和国元老院成员，组织并参与了刺杀恺撒的行动。

“也许吧，”我说，“幸福翻倍！”

她说：“这恰恰是问题所在，我不清楚自己有多么幸福。我感觉现在的幸福程度可能是百分之七十五，如果我穿过那扇门，这个数字会突然降低到百分之二十五。

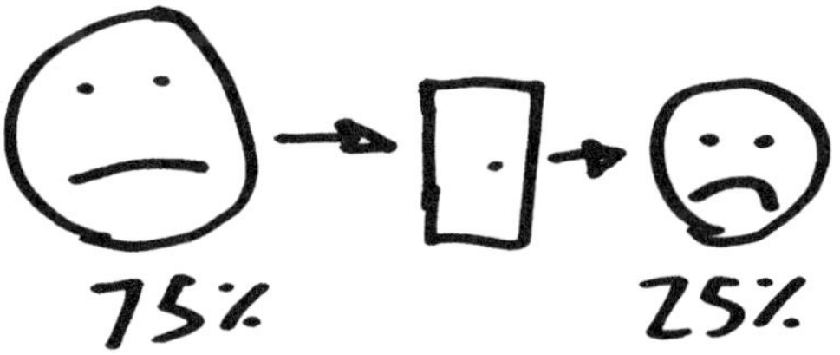

“那么，我拥有的幸福便仅仅是原先的三分之一了，而且我将意识到自己原先——也就是现在——只拥有全部幸福的四分之三。我不知道在这二者中，究竟哪一个结论更可悲。

“万一我现在的幸福程度是百分之零，而我穿过反门以后，发现百分之百的幸福依然不够呢？

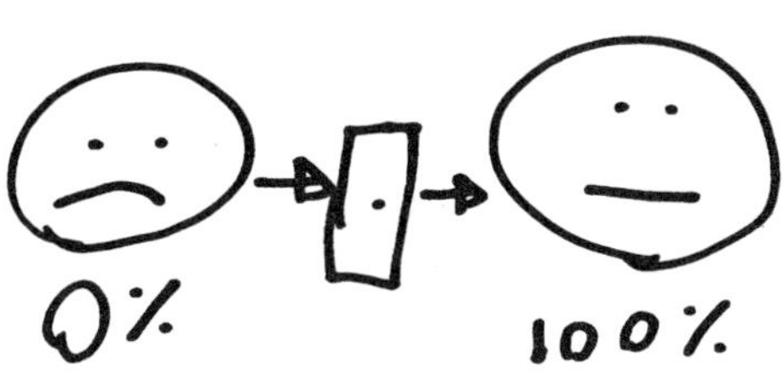

“那该怎么办？”

我试着解释：“其实未必——”可是她的情绪非常激动，而且马上就是午夜十二点了，所以我又改口说，“新年快——”手表的秒针微微颤动，十二点突然到了，我们开始亲吻对方。

收音机里的人们在欢呼，我听到远处传来爆炸的声音。我贴着她的嘴唇，睁开眼睛，看见窗边有一只四翅蜂鸟，一切都如此美妙。

然而转瞬之间，十二点便过了，强烈的愧疚感涌上心头。现在是十二点零一秒，除非能回到过去，否则这大概是距离十二点最近的时刻了。

我说：“呃，我得……”

她说：“不，求求你，留下来陪我吧，只要一会儿就行。”

也许一个更好的我会作出正确的选择，坚决离开，或者一个更差的我会享受越界的放纵，抛弃顾虑，但我就是我，我只能做自己可以做的事情。

大理石雕像的塑造并非从下往上，层层叠加，而是反复凿刻，不断切割。我经常想，我们是否也一样，缺少的品质勾勒灵魂的形状，犹如空白的部分衬托雕像的轮廓。我会坐上地铁，我会辗转反侧，我会观看电影，我会开怀大笑。

最后，我会恍然醒悟：并非我们做过的事情成就了我们，而是我们没做的事情定义了我们。

我搭乘地铁返回约纳坦的学校，用我的钥匙打开他的办公室。我重新进入自己的宇宙，发现房间被水淹了，肯定是我没有关反门。我走了很久才到家，我爬上床，杰茜卡迷迷糊糊地嘀咕：“你回来了。”

我说：“嗯。”

她指着自己的脸颊，我亲了她一下。

我问：“聚会怎么样？”

她说：“很无聊，要是你在就好了。”

我说：“对不起。”

她说：“我没法跟大家聊天。我嘴里的牙齿太多了，每句话都讲不清楚。我一直在长新牙，真的好奇怪。你认为这是怀孕的不良反应吗？”

我说：“我不知道。”

我们躺在床上，望着星空（房子正在进行烟熏消毒，我们把床搬到了户外）。杰茜卡说：“我很想你。”

我说：“你会好奇穿过反门是什么感觉吗？”

她喃喃地说：“有时会。”

然后，她睡着了。

第二天一早，我的手机吵醒了我们，杰茜卡大喊：“把那该死的东西关掉！”对方是黑斯莱茵的助手，铃声是马勒的快速进行曲《我的爱人坐上清晨的路德维希火车》。

她说："约尼，卡尔……他死了。"

我说："噢，天哪！他还好吗？"

她说："嗯，他死了，所以……不好。"

昨晚，卡尔开着水龙头睡觉，结果大水灌满了整栋房子，他在梦中被淹死了。

我们去参加葬礼和坐七[1]。我讲了一些好话，也讲了一些实话，杰茜卡关切地攥住我的手。但是从头到尾，我一直在想：我的办公室里藏着反门，如今除了我以外，再也没有第二个人知道了。

我开始更加频繁地跟杰卡幽会。我们在她和她丈夫的床上做爱，而那张床的反面就是我和我妻子的床，由于我们都是对方配偶的反面，因此我便允许自己相信——并且说服自己相信——从数学层面来看，这是一种中性的行为。

有一天，在做完中性行为以后，我穿过反门，回到自己的办公室里。大水淹没了房间的一半，黑斯莱茵博士坐在我的书桌上，双脚踩着我的椅子，他指向通往走廊的房门，开始嚷嚷："约尼，我想把你交给那扇门保管！在这种情况发生之前，我会找到更差的藏匿点。"

---

1. 坐七（shiva）：犹太教的丧礼习俗，指为去世的亲人哀悼七天。

我说："不对，这种情况已经发生了。你死了。在这个宇宙里，你早就死了。"

黑斯莱茵博士严肃地点了点头："这种情况曾经担心我会发生。"

我也严肃地点了点头，假装能听懂他在说什么。

他抓起一个便笺簿，画了一张示意图。"如果我不说自己没有担心的话，那肯定不是撒谎。"他停顿了一下，集中精力组织语言，"当我将要把反门留给你的时候……不，当我把反门留给你的时候，我希望你会使用它。我以为你能在宇宙之间来回穿梭，就像一束光线在两面平行的镜子之间反复弹射。

"然而，你冲破了这些宇宙，无限地跳跃前进，犹如一束倾斜的光线射向两面镜子。你明白吗？你根本就没有回到原先所在的地方！"

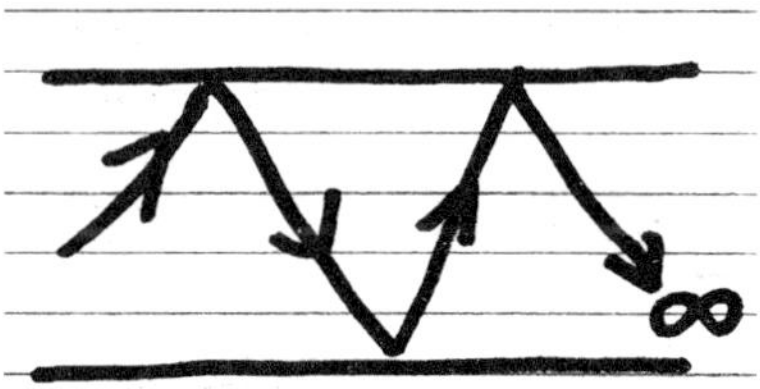

为了证明真假，我拿起一本熟悉的书：米尔顿·希尔顿的著作《关于我们无缘故的悲伤的科学研究》。我翻到印象最深的那一页，查找希尔顿向黛布拉求婚的片段，上面写着：

还有，黛布拉，我爱你，但是我觉得自己需要一点独处的时间。

我跟杰卡的交往变得更加复杂了。我们见面的次数越多，沟通的困难便越大。她讨厌自己的丈夫，整日闷闷不乐。我想安慰她："一切都会好起来的。"结果却说成："一切都已经恶化了。"有一天，在吃外卖的时候，她告诉我，她不爱我。我不知道她要表达的确实是这个意思，还是完全相反。

接着，她又告诉我，她怀孕了。我只能回答"Wow（哇）"，也就是上下颠倒的"Mom（妈妈）"。

我穿过街道，爬进反门。黑斯莱茵博士站在办公室的天花板上，一边哭，一边笑。眼泪向上淌，流入他的眼睛里。他朝我大喊："约尼，每件事情都是一个错误！幸亏你丝毫没有后悔！你能永远都别放弃选择不原谅我吗？"

我吐出一颗牙齿。

房子离得很远，我步行回家，大雨下了一路。杰茜卡在起居室里，惊恐地瞪着刚刚出生的儿子。

我说："他长得真漂亮。"

她沉默不语。

于是我重复了一遍："他长得真漂亮。"

她说："我一直在做饭，根本停不下来。我不知道为什么。我总是忍不住要做饭，而且我无法闭上自己的嘴巴，因为牙齿太多了。我不知道我怎么了，也不知道我们怎么了，我从未感到如此害怕。"

我想说："一切都会好起来的。"但是我什么都没说。

她说："你出轨了。"

我没有说话。

她说："这是一个问句。你出轨了？"

我没有说话。

她说："如果你出轨了，那就什么都别说。"

我没有说话。

"你猜怎么着？"她说，"我恨你。"

我说："我也许可以猜到。"

"我差点儿就离开了，"她说，"我差点儿就带着孩子离开了，但是我太爱你了。"

我说："你差点儿就离开了？"

她说："对，但是我没有。"

我撒腿狂奔，在洪水泛滥的街道上跑了好几个小时，经过翻倒的汽车，瞥见丑陋的大鸟，路边的广告牌在宣传米尔顿·希尔顿的新书：《黛布拉，对不起，请带我回去》。

我的钥匙打不开办公室，但是我一脚踹倒房门，潜入水中，穿过反门，直接迈进贝克尔曼夫妇的厨房。约纳坦正在喝牛奶和朗姆酒，双眼呆呆地盯着墙壁。

"出什么事了？"我说。

他举起一张纸条："'我差点儿就留下了，但是我没有。'"

我坐在他身旁，我们俩沉默了片刻。

我说："你还记得吗？几年前，在地铁上……"我稍做停顿，然后再次开口，"你遇到过'可怕的事情'吗？"

他点了点头。

"你有没有——我是说，你怎样——就是……"我调整思路，重新问道，"你做了什么来阻止那件'可怕的事情'？"

他摇了摇头。

他什么都没做，跟我一样。他回忆了当时的呼喊和恐惧，我们异口同声地背诵了米尔顿·希尔顿笔下的段落，那是我们俩都反复念过的内容："粒子，粒子，到处都是粒子。"根据我们了解的情况来看，他的经历只有一点不同，那就是他并未躺在床上思考自己的反面会怎么做。

我又想起了我们在实验室里讨论过的基本原则：多数情况下，沉默的反面还是沉默。

我说："我来这儿干什么？"

这是一个反问句，但我以为约纳坦分不清什么是反问句，所以当他没有回答的时候，我感到非常惊讶。

母亲曾经给我讲过一个古老的笑话，关于一位拉比[1]和他的学生：

"什么东西是紫色的，挂在墙上，而且会唱歌？"拉比问。

学生说："不知道。什么东西是紫色的，挂在墙上，而且会唱歌？"

拉比答道："一条死鲱鱼。"

"但是，拉比，死鲱鱼不是紫色的。"

"你可以把它涂成紫色。"

---

1. 拉比（rabbi）：犹太教中传授教义和律法的老师。

“但是，拉比，死鲱鱼没有挂在墙上。”

“你可以把它挂在墙上。”

“但是，拉比，死鲱鱼绝对不会唱歌！”

“噢，那个呀？那是我故意迷惑你的！”

（稍等，待笑声平息。）

我忽然意识到，或许我对自己的宇宙要求太高了。毕竟，我们生活在真实的世界里，而在真实的世界里，你可以把一条死鲱鱼涂成紫色，也可以把它挂在墙上，但是不管你多么努力，都无法让它唱歌。

我想象着，如果我在另一个更好的宇宙里，有人会告诉我“没关系”或者“下次你一定能行”。有人会告诉我，我做过的所有傻事，我犯过的所有错误，统统无关紧要。这个人会说，无论如何，她都为我骄傲，因为我让她的内心充满了温暖，而那正是生活中最伟大的事情——帮助别人变得更加幸福，哪怕只有短短的一瞬间。她会告诉我：“你猜怎么着？一切都会好起来的。”

可是，在这个宇宙里，只有一座可怕的城市、一栋难看的房子、一间空屋和两个约纳坦，其中一人转向另一人，没精打采地说：“你想去打篮球吗？”

我们玩了几局，我比预料中表现得要好。当然，他赢了我，但是差距并不大。我做出了几次抢断，还完成了一次带球上篮，连我自己都大为吃惊。有一刻，我们看着夕阳落向河流，照亮了地平线。绝美的黄昏夹在丑陋的白天和恐怖的黑夜之间，约纳坦静静地凝望，将那幅景象尽收眼底。我非常幸运地投中了一个三分球，而他却失声痛哭。

我们之间说过的谎话

（一份不完全列表）

- 你看起来真的很面熟，我们以前在哪儿见过吗？
- 我从来没有喝过两杯以上。（话题：酒）
- 告诉你一件有意思的事情：其实我是一个非常不错的男朋友。
- 真滑稽。
- 真有趣。
- 真好玩。
- 太好玩了。
- （大笑）
- 我真的从来没有喝过五杯以上。（话题：酒）
- 我相当于拥有双学位。
- 我算是这家店的老板。
- 我明白你的意思。
- 噢，对，我应该在某个地方读到过。

- 我喜欢这首歌。
- 我也喜欢这首歌！
- 毫不夸张地说，那是我听过最疯狂的事情。
- 我真的不能再吃了。
- 我明天得早起……
  - 我有工作要完成……
- 对不起，我没有给你打电话，最近太忙了。
- 周五不行，我周五有事。
  - 只是见几个朋友而已。
- 我写这首歌也就用了五分钟吧，其实不怎么样。
- 我真的从来都没有想过他。（话题：布雷克）
- 超过十个，但是少于二十。（话题：女人）
- 那就是一次无聊的工作聚会，如果你不想去，我完全可以理解。
- 不，听起来很有趣。
- 你是全场最帅的男人。
  - 不，我是说真的。
- 是啊，他们看起来很酷。（话题：同事）
- 我……也爱你。
- 我以前从未有过这种感觉。
- 现在就是我一生中最幸福的时刻。

- 对。
- 嗯。
- 不。
- 当然。
- 我很喜欢。（话题：耳环）
- 非常美味。（话题：汤）
- 我就是觉得，咱们俩比大多数情侣都更有默契。
- 我也这么觉得。
- 我听着呢。
- 我根本就没有注意到她。
- 他只是一个同事而已。
- 你想得太多了。
- 他就像我哥哥一样！
    - 那会很奇怪的。
- 我从来没有这样看待过她。
- 哦，那真是太棒了。
    - 不，我没有在消极抵抗。
    - 我真的认为很棒。
    - 我不知道你所谓的“语气”是什么。
        - 我都说了很棒。
- 我喜欢你的朋友们。

- 你知道我喜欢你的朋友们。

• 你在说什么呢？你一向都是派对上的主角。

• 我没看出来。（话题：体重增加）

  - 不，告诉你，在我眼里，你跟从前一模一样。

• 我跟你说过要红酒。

  - 我绝对说过要红酒。

• 我们出发之前，我查过天气预报了。

• 当我看到你的短信时，我已经在回家的路上了。

• 他们希望搞一场兄弟聚会，大家都不带女朋友。

  - 我个人认为这样很傻，但是还能怎么办呢？
  - 我会把你的话转达给他们。

• 你不需要跟我道歉。

• 我认为最重要的就是诚实。

• 没事。

• 没关系。

• 真的没关系。

  - 我说了，没关系。

• 我很好。

• 我当然为你感到高兴！（话题：升职）

  - 我太激动了！

• 我可以一边查看邮件，一边听你说话。

- 我不会像你一样惦记着那种事情。（话题：谁在争吵中“获胜了”）
- 我确实相信你。（话题：布雷克）
- 好吧，你说得对。
  - 我并不是为了让你闭嘴才这样讲的，你知道那有多丢人吗？
- 她看起来真的很好。
  - 我喜欢她。
- 我没有因此而烦恼。
- 你想怎么做都行，我没有任何倾向性。
- 那不过是咖啡而已！
- 我觉得你反应过度了。
- 对不起。
- 我得加班。
  - 我告诉过你了，我在工作。
  - 我为何要撒谎？我不明白你的意思。
  - 我真的不知道你在说什么。
    - 真的没有
      - 千真万确。
  - 这个？无论如何，一切都是你的想象。
- 你根本就不了解我。
- 我不是那个意思。

- 我不应该得到这样的结果。
- 我只是在考虑，对你来说，什么才是最好的选择？
- 我唯一的愿望就是让你幸福。
  - 仅此而已。
- 我觉得问题大概是我太爱你了。这能算问题吗？
- 一旦工作上的麻烦解决了，我们的事情就会变得更简单。
- 如果你愿意回家，我们可以像成年人一样坐下来谈谈。
- 你说得太过分了，我没有随时准备离开。
- 不管了，反正我们能做到。
  - 我想跟你一起走下去。
  - 我一定会竭尽全力。
- 实际上，我认为那次争吵非常有益，能够帮助我们互相理解。
- 我永远都不会再那样伤害你了。
- 我爱你。
- 我也爱你。

事实如此

第一天去海边，韦斯特就把脚伤得惨不忍睹。可恶，他早该想到会发生这种事情，接下来还得熬上一周，真他妈的倒霉。

其实他什么都没做，只是乖乖地站在齐膝深的冷水里，学着老实人度假的样子，努力放松心情。也许是生平第一次，他开始体会到舒适的感觉，然而紧接着，一个巨浪裹着碎石、贝壳乃至玻璃碴儿，狠狠地打在他的脚上，将皮肤刮得鲜血淋漓，留下各种淤青和肿块。看起来就像一幅诡异的地形图，每一道割裂的痕迹都代表一条江河、一段支流、一道山脉，或者其他乱七八糟的东西。

这一天是周五，在巴亚尔塔港[1]，周五也被称作“Friday”，因为度假村的所有人都说英语。韦斯特甚至没必要回忆荒废

1. 巴亚尔塔港（Puerto Vallarta）：墨西哥太平洋沿岸的一座旅游城市。

了八年的高中西班牙语，不过有时候，在酒保递给他“una cerveza”[1]之后，他会说“Merci beaucoup”[2]。他觉得那样特别滑稽，因为酒保们反正都要说英语，而且——算了，如果你得靠解释才能听懂这个笑话，那就没意思了。

幸好，尽管一只脚受伤了，但是韦斯特依然能做他真正想做的事情：整日坐在沙滩上喝啤酒，盯着海水发呆。实际上，他也算因祸得福了，这只脚可以让他避开自己不想做的事情。他的父亲或者他父亲现在的妻子会说：“嘿，你想到市里逛一下吗？”或者“你想参观古城遗迹吗？”或者“你想去划船吗？”而韦斯特则皱着眉头说：“嗯，我非常愿意，可惜……我的脚不行。”

而且，这还能成为聊天的话题，漂亮的美国“chicas”[3]会走到他跟前说：“喂，你的脚怎么了？”于是他便回答：“不如换一个更有意思的问题：咱们的社会怎么了？为何大家都认定破损的事物在某种程度上是不完整的呢？我反倒相信，恰恰是曾经受到的伤害让我们变得完整。”接着，他就可以跟对方上床了。

当然，类似的情况从未发生过，起码你在场的时候没有，不过韦斯特反复强调，那正是因为你在场。“当我身边坐着一

---

1. una cerveza：原文为西班牙语，意为“一杯啤酒”。
2. Merci beaucoup：原文为法语，而不是西班牙语，意为“非常感谢”。
3. chicas：原文为西班牙语，意为姑娘。

个姑娘时，其他姑娘就不会来跟我搭讪了。这是最基本的常识。”你问他是否希望你离开，韦斯特耸了耸肩，说：“这是一个自由的国家。”话音刚落，他便记起自己在墨西哥，赶紧补充道：“等等，应该是吧？”

你是周六才抵达度假村的。你告诉父母，你不能跟他们一起搭乘周五的航班，因为那天米根·多尔蒂要举办毕业派对，实际上，你并没有去参加米根的派对，而是单独留在了家里。你给自己放了一缸热水，感觉就像优雅的成年人一样。小时候，你经常泡澡，不过这一次，热水是你亲手放的，仿佛那样还不够，你又点燃了一支蜡烛（蜡烛！），并且把父母的唱片机搬进浴室里，放上琼尼·米歇尔[1]的专辑（随便哪一张都行，你选择了《蓝》）。现在想来真是可笑，然而当时这一切都显得意义非凡。你的高中生活永远地结束了，不久以后，他们就会把你送到波士顿去上大学。你将忘记高中的所有朋友和敌人，忘记曾经重要的事情以及心照不宣的玩笑。

1. 琼尼·米歇尔（Joni Mitchell，1943— ）：加拿大女歌手、音乐创作人，曾荣获九个格莱美奖项，随后提到的《蓝》是其发行于 1971 年的专辑，被《滚石》杂志评为“史上最伟大的 500 张专辑”的第 30 名，被《纽约时报》评为 25 张能够代表“20 世纪流行音乐转折点和顶峰”的专辑之一，下文提到的《加利福尼亚》是这张专辑里的一首歌曲。

每隔七年，我们体内的细胞便会彻底更换一遍，而我们也将成为完全不同的人。你坐在浴缸里，听着《加利福尼亚》，思考临时细胞的问题，想象着有朝一日，自己会突然改变；某天早晨醒来，一切都跟从前不一样了，曾经让你哭泣的事情，现在只会让你翻白眼，曾经让你翻白眼的事情，现在却会让你哭泣。当然，那都是许多年以后的结果了。

对了，顺便提一句，为什么说每隔七年会有新的细胞呢？因为这是一个事实，如果你打开自己制作的百科全书，就能找到相关的内容。那是一个蓝色的线圈笔记本，你从来没有给任何人看过。在第一页上，你用歪歪扭扭的字体写下“事实如此”，里面珍藏着数百个平凡而真实的秘密，比如：“事实：杀人鲸不是鲸，而是海豚。”

同父异母的哥哥主动提出周六要去机场接你，你妈妈认为全家都应该去，而你爸爸却劝她说，你们两个孩子可以趁机叙叙旧。毕竟，你们都分开多长时间了？况且，那不正是此行的主要目的吗？韦斯特站在行李领取处，等待你出现。他高举黄色的便笺簿，上面工整地涂着硕大的“希瑟”二字。这块简陋的接机牌有八成是在开玩笑，但还有两成是因为他确实有些担心自己会认不出你，你们已经太久没见面了。

你拿完行李，通过海关，然后便看见了他：一名毛发浓密的男子，戴着飞行员墨镜，穿着工装短裤和一件令人费解的长袖T恤，仿佛外面没有100度[1]似的。他一瘸一拐地走来走去，不停地拽着自己脸上的胡须。这就是你父亲的另一个孩子，不知为何，相较于二十六岁的实际年龄，他既显得更大，又似乎更小。事实：他看起来有点儿像无家可归的流浪汉。

“瞧瞧你，都变样了。”韦斯特说。

你说：“你也是。”

韦斯特说：“不，伙计，你真他妈的变样了。”

邀请韦斯特飞到巴亚尔塔港是你妈妈的主意，你曾经隔着卧室的墙壁，听见父母为此争吵。

“这本该是一次度假，”你爸爸说，“我爱韦斯特，可你也知道，他会叫人头疼整整一周的。”

“我希望希瑟能认识她的哥哥。”

于是，他真的来了。现在，那个骨瘦如柴的小伙子正忙着把你的行李从电梯搬进房间。过了这么多年再次见到他，你几乎不知所措，就连他的气味都让你觉得很不自在。

“我选了靠近浴室的那张床，希望你不会介意。我猜，你可能想睡在窗户旁边。”

“外面的景色倒是挺独特。”你说。你们的房间俯瞰着一片

1.100度：此处的计量单位是华氏度，约等于37.78摄氏度。

建筑工地，皇冠酒店正在扩建。吊车把吊臂伸向一堆梁木，提起其中一根，放到另一堆梁木上。有朝一日，整片工地都会变成度假村。

韦斯特皱起眉头，不安地晃动身体：“这个房间太高档了，总让我感到很紧张。你愿意下楼去沙滩上喝一杯吗？噢，不对，你应该要先见见你的父母吧？”

你耸了耸肩：“我天天都能见到他们。这本该是一次度假，不是吗？”

韦斯特认为你的回答非常好笑。

你在沙滩上找到了两张帆布躺椅，中间撑着一顶木质遮阳伞，你把毛巾扔在其中一张躺椅上。你的“半亲”哥哥拦住一名闲逛的酒店服务员，点了两杯啤酒和一杯香蕉代基里鸡尾酒。

“他们会拼命向你推销凤梨鸡尾酒，”他说，“不过我发现，他们是拿果泥来调制凤梨鸡尾酒的，而香蕉鸡尾酒却用了真正的香蕉。”

“噢，我不喝酒。”你脱口而出，仿佛他问了你似的，仿佛有人在乎似的。

“哈，不错嘛。”韦斯特的声音有点儿过于响亮，他朝你眨了眨眼睛（为什么？），然后对服务员说，“给这位小姐来一杯无酒精代基里。”他亲切地咧开嘴巴，就好像那是他们两个之间的某种私人玩笑。

“你可能根本就不记得我了。”韦斯特说着，点燃一支香烟，“当时你多大？六岁？”

你点了点头。你确实不太记得他了，脑海中只剩下零星的片段，而且分不清究竟是现实还是想象。你已经根据父母的概括拼凑了一个哥哥，每当他的名字出现时，他们都会担忧地交换眼神。

“喊叫。”你说，“我记得自己听到过许多大喊大叫。”

“嗯，”他笑了，“我也是。”

你眯起眼睛，望向波光粼粼的水面：“你想下海吗？”

“不，你去吧。”他在两次抽烟的间隙中说，“我会看着的。”

于是，你去了。

而他一直看着。

你们在酒店的餐厅跟父母会合，大家一起吃晚饭。

“希瑟，看来你已经晒过太阳了，”你爸爸说，“希望你没忘记涂防晒霜……”

“你的脚怎么样了？”你妈妈问。

韦斯特答道：“非常糟糕，琼。”

你爸爸交叉双臂，说：“需要让前台叫一位医生吗？”

韦斯特说：“不用了，爸，我没事，不过我已经充分感受到了你展现出来的父爱。”

你妈妈同情地皱起眉头：“但愿这次受伤不会破坏你的整趟旅行。”

吃完饭以后，你陪妈妈走回她的房间。她握住你的手，露出亲切的微笑，你暗自思忖，接下来，在上大学之前的几个月里，不知道她还会有多少次握住你的手，露出亲切的微笑。

“你不介意跟韦斯特共用一个房间吧？”

你说：“不，妈妈。”仿佛这算不了什么，她甚至都没必要询问。

你洗脸上床，从包里掏出一本书。

“你在看什么？”韦斯特问。

“噢，只是一本关于纽约高中女生的闲书而已。”

“写得好吗？”

你脸红了：“一般，但是我想知道她们的故事。”

“哎，我觉得很无聊，”他说，“打算下楼喝一杯，你去吗？”

在度假村的酒吧里，韦斯特与你分享了各种各样的冒险经历：有一次，他发现马路中央堆着许多家具，能够摆满整整一间屋子；另一次，他闯入派对现场，跟吉他手的女朋友上了床；还有一次，他莫名其妙地被床虱咬了。当他感到酒吧“突然显得太高档”时，他便带你来到外面，沿着海滩一瘸一拐地散步。

“好了，给我讲讲你的近况吧。你有男朋友吗？”

你摇了摇头。

“为什么没有？你是一个很漂亮的姑娘。”

“不知道。”你说，“好像有几个男生想让我做女朋友，但是我还没遇到自己认为值得的男生。”

“值得什么？”韦斯特问，你耸了耸肩。

“不知道，一切吧。”

“其实我觉得这样才对，”他说，“慢慢来。现在有很多青少年都太急着长大了。”

你开怀大笑：“哦，真的吗？”

他不好意思地笑了：“我不知道。你是青少年，你说了算。”

“我想你说得没错，”你回答，“不过，我认为恋爱和上床未必就等于长大，你说呢？‘长大’本身可以包括很多事情。”

“你看，这又是一个非常敏锐的观点，而且也让我明白了你为什么没交过男朋友。”

“什么意思？”

“对于高中男生而言，你太聪明了。这么厉害的头脑肯定是遗传了你妈妈。”

“当然，”你说，“反正跟我爸爸无关，尽管他是一名临床心理学家。”

“得了吧，希瑟，千万别被他的花哨头衔给骗了。我向你保证，那个蠢货跟他接待的病人一样傻。”

然后，韦斯特说："那是什么东西？"

你抬起头来，在大约十码以外的海滩上，有一条小狗，好像是某种杂交的㹴犬，它正在沙子里抽搐、喘息。韦斯特立刻跑过去仔细查看。

"噢，糟糕！"

"它还好吗？"

小狗发出一阵悲鸣。

"完了，这条狗的情况很不对劲，我觉得它似乎是犯了癫痫之类的毛病。"

"呃，别碰它。"你话音刚落，韦斯特就捞起小狗，抱在怀里，开始一瘸一拐地返回度假村。"小心点儿！"你高喊道，"那条狗可能有狂犬病！"

你跟着哥哥穿过皇冠酒店的大堂。

"先生，您不能把动物带进这里。先生，请等一下！"

韦斯特把小狗放在前台上。"我们在海边发现了它，我怀疑它伤得很重，"他说，"你们必须想想办法。"

小狗已经停止了颤抖，只是躺在前台上低声呜咽，嘴角流着口水。接待员说："先生？先生！"

韦斯特说："别他妈的叫我'先生'。这条狗需要治疗。"

接待员问："它是您的狗吗？"

韦斯特举起双臂，在原地愤怒地踱了一小圈："不，它不是我的狗，我早就告诉过你了。难道这里没有人懂该死的英语吗？”

大家纷纷投来目光，包括一群酷似兄弟会成员的大学生、一对年长的夫妇和一个带着孩子的男人。

你说：“韦斯特，你先冷静一下。”接待员看着你说：“您可以让他先冷静一下吗？”仿佛你没有那样做似的。

“你能打电话找兽医吗？墨西哥到底有没有见鬼的兽医？”

接待员努力让自己保持冷静：“先生，酒店规定——”

韦斯特大吼：“天哪，别他妈的废话了！至少你能给它点儿水喝吧？”

带孩子的男人也嚷嚷起来：“喂，拜托你注意自己的用词，行吗？”

“注意用词？这条狗他妈的都快死了！”紧接着，“抱歉，你说得对。我不该骂人。”

终于，接待员的上司出来了，他说：“先生，我们已经联系动物保护机构了，他们正在赶来的路上。您愿意陪着小狗一起等他们吗？”

韦斯特松了一口气：“嗯，谢谢，非常感谢。”

“但是，它不能留在这里，我们会把它转移到大门外，可以吗？”

“好的。嘿，听着，刚才真的很抱歉，就是我说没有人懂英语的时候。”

“没关系。”

“你们每个人的英语都很好，其实大可不必，说到底，这里是你们的国家，但你们还是把英语讲得非常流利。都怪我，我一时头脑发热，表现得太混蛋了。”

对方摇了摇头：“我理解您是因为着急，先生，那不是什么问题。”

韦斯特盯着他的胸牌：“豪尔赫？你是一个可靠的男子汉，不要让任何人否定你。”

豪尔赫点了点头：“好的，先生。”

两名酒店员工拿来一块皇冠度假村的毛巾，仔细地裹住小狗，将它送往前面的入口。你们跟着他们向外走，从带孩子的男人身边经过。

“喂，听着，”男人主动开口，“我知道你很担心那条狗，但这是一个家庭度假村。你能否注意点儿，尽量少说脏话？”

“嗯，我明白，”韦斯特说，“不好意思，我只是——唉，真他妈的丢人！对不起，非常抱歉。”

服务员把小狗放在酒店门前的台阶上，韦斯特坐在旁边，轻轻地挠着它的肚皮。

“坚持住，伙计。”他说，然后看着你，“你冷吗？”

你摇了摇头，不太冷。

一辆出租车靠边停下，一对夫妇挣扎着爬出来，看样子是喝醉了。“噢，天哪，这是你的狗吗？”那个女人问道。她的丈夫说：“快走，艾米，别停下脚步。”

韦斯特摇了摇头。

“它还好吗？”艾米问。

韦斯特说：“它只是累了。”

艾米的丈夫领着她迈入皇冠酒店，当他们进去时，你能听到艾米在咯咯地傻笑：“我就是纳闷儿，那个家伙怎么会有一条狗呢？”

韦斯特摆弄着一支没有点燃的香烟。

“噩梦般的第一夜。”你说。他注视着你，你露出悲伤的微笑，而他面无表情。

“这是最糟糕的。”他说，他的眼睛通红，“太他妈的糟糕了。”

事实：周日，韦斯特很早便开始喝酒了。你几乎陪了他整整一天，就那样坐在沙滩上，凝望着水面。

有一次，你妈妈过来了，询问她是否能加入你们。韦斯特说：“我不知道，琼，这里已经很挤了，也许你可以去泳池边碰碰运气。”

她说：“好吧，我明白你的意思了。”然后便独自走开，脸上挂着僵硬的微笑。

韦斯特看着你，眉头紧蹙：“你肯定认为我不识好歹。”

你确实产生了类似的想法，同时——“不，我懂。”

“其实，真正让我恼火的甚至都不是她，而是爸。”

“当然，可以理解。”你撒谎道，其实心里根本无法理解。事实：你爸爸是你所见过最亲切、最温和的人，很难想象他会让任何人恼火。有时候，餐厅把账单的金额算多了，他也会照样支付，因为他宁可多花钱，也不愿陷入争吵。

“我指的是他对我和我妈做的事情……你不能用一次免费的墨西哥旅行来掩盖那些过错。”

“他做了什么？”

“他做了一个混蛋。”

“不，我是问具体……”

“大家抛弃了我。”他说，语气非常平淡，就好像在说：“那是一栋高楼。”他捡起一根木棍，丢进水里，“到头来，每一个曾经爱我的人都会离我而去。”

你分不清他是在回答你的提问，还是在试图转移话题，但无论如何，你觉得自己都应该说些什么，于是你说：“我不会抛弃你的。”

他说：“不，你会，否则就说明你跟我一样，脑子坏掉了。”他轻笑了一声，然后瞥向你，狡黠地扬起一侧的嘴角，以前你只在爸爸和自己脸上见到过这种表情。那一刻，你的心都要融化了。事实：你从未产生过如此强烈的愿望，想让脑子立刻坏掉，永远像哥哥一样。

“你在海边为什么不脱掉T恤？”你问。

韦斯特摇了摇头：“我很容易晒伤，皮肤会变成夸张的粉红色。”

“你知道火烈鸟身上的粉红色是来自它们的食物吗？火烈鸟经常吃虾，所以羽毛才会变成那样。”

“哈？”韦斯特把脑袋转过来，非常困惑地盯着你，“噢，糟糕！难道是因为我昨天晚上说你聪明，所以现在你必须一直都表现得很聪明吗？你要明白，那是青少年常见的问题——如果你认定了自己是什么样子，你就没法自由地生活了。”

“不，不是——”

“这种心理让我小时候深受其害。我坚信自己有酒瘾，所以在大约五年之内，我要么滴酒不沾，要么酩酊大醉，因为一旦开始喝了，我就得成为众人心目中的‘那个家伙’。可是有一天，我突然想，‘我他妈的在干吗？’从此以后，我就正常喝酒了，其实这没什么大不了的，你懂吧？”

你说：“对不起，我只是很喜欢事实。”

“哦，是吗？”韦斯特眯起眼睛，从墨镜上方看着你，你忽然有些心虚。他最后吸了一口香烟，把烟蒂扔进沙子里：“我有一个事实要告诉你。你知道大象吗？”

你说：“嗯。”仿佛他真的在问你是否知道大象是什么。

“大象的双脚非常敏感，你知道吗？”

你摇了摇头。

“通过脚下的震颤，它们能够了解千里之外的情况，发现兽群奔跑的动向，而且它们还会借助地面的晃动，跟遥不可及的同伴互相交流。每当我远离人群的时候，我都会想起这个事实，如果你迷路了，只要记得把双脚放在地上就行了。”

“听起来不错，”你说，“但是我不信。”

他哈哈大笑：“为什么？”

你啜饮了一口纯洁的代基里：“我认为你是个骗子。”

“那咱们来问问她的看法吧。”韦斯特说着，朝一位姑娘点头示意。她身材苗条，屁股却很大，穿着红白条纹的两件套泳装，正在海边漫步。

先前，你已经在度假村注意到了这位体瘦臀宽的姑娘。昨晚，在酒吧里，当韦斯特给你介绍 90 年代早期的油渍摇滚时，她就独自坐在附近的桌子旁。你可以感受到她在看你——确切地说，她是在努力不去看你。你觉得自己就像那次睡衣派对上的埃琳·泰勒一样，当时埃琳提到她去旧金山探望表亲，正赶上舰队周[1]的活动，结果在全食超市的停车场里，她让一位水

1. 舰队周（Fleet Week）：指被部署在海外的现役军舰在主要城市停靠一周，船员游览城市，民众们可以参观舰艇，为美国海军、美国海军陆战队和美国海岸警卫队的传统之一。

手触摸了她的胸部。其实这件事本身并没有多么刺激或浪漫，但是其他女生会为此咯咯傻笑，甚至表示羡慕。你希望她们能瞧见你和韦斯特在一起，盼着她们能跟那位体瘦臀宽的姑娘交换位置，看到这个不修边幅的成年男人，他比你大了整整八岁，却愿意专心地陪你聊天。

现在，那位体瘦臀宽的姑娘从你们身边经过，显然（起码你认为如此）在拼命掩饰自己想加入这个私人俱乐部的强烈愿望。韦斯特站起来，朝她一路小跑，似乎忘记自己的脚受伤了，你大笑着嚷嚷："别跟他说话，他是个骗子！"

韦斯特问那位姑娘："我能跟你说句话吗？"

"听说你是个骗子。"她答道。

他耸了耸肩："这是你必须承担的风险。嘿，你多大了？"

"我多大了？"

"是啊，你自己不知道吗？"

她盯着他，上下打量了一番："十八。"

韦斯特说："太棒了，完美。"

她的名字是约尔丹。她跟爷爷奶奶和双胞胎弟弟一起，从丹佛来墨西哥旅行，她亲切地（？）称呼弟弟为"鼻屎小子"。她在家乡有一个叫克拉克的男朋友，而且她从未听说过关于象脚的传闻。

"我发誓，我原本以为这个度假村里没有我的同龄人。"她对韦斯特说，尽管你才是她的同龄人，“我一直在沙滩上来回闲逛，遇到的不是老人就是孩子。”

你试着利用自己认识的高中女生来定位约尔丹。她有点儿像凯蒂·康纳，还具备斯蒂芬妮·皮尔逊的神经质笑声，以及萨拉·斯通的毛病：一提起秋天要去西北[1]上学，就变得滔滔不绝，根本停不下来。

“西北正适合我，感觉就像在城里，却又不是真的在城里，因此你可以同时享受两个世界的优点。”

韦斯特翻着白眼，吸了一口香烟：“不错，祝你在大学里过得开心。”

“大学怎么了？”约尔丹问。

他摇了摇头：“没什么。许多非常有钱和表面成功的家伙都去上大学了。”

你忽然感到很滑稽，忍不住笑出了声。你不确定自己是在笑他，还是在笑她，可你知道他们俩也不清楚，这种情况反倒让你觉得更有趣了。

后来，韦斯特去海里方便（因为“那些小屁孩儿就等着别人尿在他们身上”），约尔丹趁机说：“你的继兄有什么故事？”

---

1. 西北（Northwestern）：指西北大学，美国的私立研究型大学，于2008年秋天在多哈市郊外的教育城设立校区。

你说："故事？"

她说："对啊，我的意思是，他一直都那样吗？"

你说："实际上，他是我同父异母的哥哥。"

她说："噢，抱歉。"

周一，你们是在沙滩上度过的。

吃完早饭以后，约尔丹找到了你们。"今天早晨，鼻屎小子真是太讨厌了。"说着，她打开一瓶科罗娜啤酒。

"没错，"韦斯特说，"弟弟妹妹是最麻烦的。"他朝你眨了眨眼睛。

约尔丹眯起双眸，注视着地平线："你们想下海吗？"

"好啊。"你说。

"你们俩去吧，"韦斯特说，"我会看着的。"

约尔丹奔向前方，钻进一道波浪里，你跟在她后面，慢慢地往深处走。"不要把水弄到我身上。"你说，紧接着又觉得很傻，"我的意思是，不要故意把水弄到我身上。"

约尔丹把脑袋潜入水中，随后又猛然抬起："你瞧见那些来度假的大学生了吗？他们有什么故事？"

你耸了耸肩："我估计他们应该是兄弟会的成员。"

她若有所思地点了点头，把这条情报记在心里，反复考虑，仿佛它是破解谜题的关键："他们当中有几个人长得挺帅，咱们应该给你挑一个。”

“还是算了吧，他们看起来都有点儿蠢。”

约尔丹咯咯地笑了：“是啊，不过你又没必要跟他们结婚。如果他们很蠢，那样岂不是更好，你们就可以少聊天、多上床了。”

你回头望向岸边，韦斯特说话算数，果然在看着你们。

“而且，”她说，“我已经有男朋友了，所以我只能通过你来间接地享受了。”

周二，你们一家去坐缆车。韦斯特拒绝了，毕竟他的脚依然在疼。即便伤口好了，他也不会去的，因为：第一，那玩意儿太吵了；第二，你他妈的在逗我吗？这次出行还算有趣，但是非常俗套。旅游介绍牌上写着，那片丛林是拍摄《铁血战士》的地方，所以每辆缆车都以阿诺德·施瓦辛格的一部电影来命名。

至于韦斯特，他多半就是在沙滩上四处鬼混，反正这不关你的事。约尔丹会去吗？有可能，许多人都会去，谁在乎呢？

晚上，他来到城里，陪你和你父母一起吃饭，你妈妈选择了一家据说“非常地道”的餐厅。食物确实很美味，但是你妈妈一直试图用西班牙语点菜，你都快尴尬死了。

在服务员离开以后，你倾身向前，低声说：“妈妈，那个人的英语恐怕比你都好。”

“可是，既然来了墨西哥，我想练习一下自己的西班牙语。”

“你不能只跟墨西哥人说西班牙语，这是种族歧视。”

你爸爸翻了个白眼：“噢，拜托，那怎么会是种族歧视呢？”

“给人的感觉像是种族歧视。”你说。

“她说得对，琼。”韦斯特说，嘴里塞满了豆子，“这是超级严重的种族歧视。”

你妈妈说：“如果我们在巴黎，我也会用法语跟服务员说话。”

“没错，但是那不一样。”

“怎么不一样？”你爸爸说。

你也说不清楚：“就是——当你讲西班牙语的时候，总会显得高人一等。”

你爸爸说：“我认为你提出的这些假设并不公平。”

韦斯特转向你。“他说得有道理，也许你的想法才是种族歧视。”他说，嘴里仍旧塞满了豆子。

服务员回到桌边，你妈妈问：“塞尔希奥，刚才我用西班牙语跟你说话，让你感到不舒服了吗？”

塞尔希奥的表情变得十分严肃：“不舒服？没有。”

“你更喜欢顾客们用英语跟你说话吗？”

“英语可以，西班牙语也行，哪种都没问题。”

饭后，你妈妈想前往附近的一座小镇，观看名为“历史秀”的大型表演。

韦斯特靠向椅背：“好吧，我对那些游客热衷的事情不太感兴趣。”

你爸爸说：“噢，坐在沙滩上喝鸡尾酒就不是游客热衷的事情了？”

韦斯特笑了一声——“哈！”——然后说：“不，说真的，我不想去看什么无聊的历史秀。”

“坐完缆车以后，感觉有些累了，”你说，“我可能会跟韦斯特一起待在度假村里。”

你妈妈瞥了你爸爸一眼，但是他根本就没注意到。“亲爱的，你确定吗？”她说，“其实，根据宣传手册上的描述来看，这个表演并非普通的游客项目，我觉得你会获得一次真正的文化体验。”

韦斯特说：“不去就是不去，琼，别唠叨了。”

你说：“你知道吗？也许我应该去瞧瞧。”

那是一场盛大的舞台剧，演员多达数百名，地点在一座木质结构的体育馆里。所有台词都是西班牙语，不过故事情节简单易懂，基本就是快速回顾了过去发生的一切，从玛雅人和早期殖民者的时代一直讲到现在。总之，看上去还不错，你很高兴自己来了，而且你的陪伴似乎让妈妈非常开心，所以就算是为了她，这一趟也是值得的。

在搭乘出租车返回皇冠酒店的路上，你开始思考在巴亚尔塔港长大会是什么情形。你想象着自己作为墨西哥孩子去看历史秀——每个孩子都会如此，就像美国的孩子去六旗游乐园[1]或大屠杀纪念馆[2]一样。你会经常去，把整场演出都记在心里。你想象着在上大学之前，你最后一次故地重游。

“走吧，埃莱娜，”你对美丽迷人的墨西哥闺密说，“肯定会很好玩的。”

而她则说：“历史秀？你在逗我吗？”

你们两个坐在后排，一直嘻嘻哈哈地开着玩笑。“噢，所以阿兹特克人和西班牙人都变成朋友了？没错，还真是‘忠于历史’啊！”不过，在结束之际，耀眼的灯光照亮了舞台，犹如辉煌的墨西哥国旗。全体观众齐声歌唱，而你们沉默不语。

回家以后，母亲问你去哪儿了。“我和埃莱娜一起看了历史秀。”

母亲明白，你这样做半是胡闹半是认真，就像十八岁的青少年对待所有事情一样。她紧紧地抱住你，在你耳边呢喃，

---

1. 六旗游乐园（Six Flags）：世界上最大的主题公园连锁品牌，总部设在得克萨斯州，其名称源于得克萨斯州历史上飘扬过的六面旗帜，分别代表西班牙、法国、墨西哥、得克萨斯共和国、美利坚合众国与美利坚联盟国。
2. 大屠杀纪念馆（Holocaust museum）：美国纪念犹太人大屠杀的博物馆，位于华盛顿特区，成立于 1993 年。

“噢，希瑟——”或者叫一个相似的西班牙语名字——“答应我，你永远都不会忘记自己是谁。”

那天晚上，当你渐渐沉入梦乡时，心里还惦记着想象中的闺密埃莱娜和不存在的墨西哥母亲，她们俩都难以完全理解，墨西哥历史秀为何让你如此伤感。你暗暗思忖，尽管这些都是你的虚构，但其中也蕴含着真相。事实：最重要的事情无法言说，因为它们只对我们自己重要。

比如妈妈朝你翻白眼的样子，比如你突然作出不吃红肉的决定，比如看见爸爸的衬衫搭在椅背上，你立即感到一阵莫名的悲哀。你可以将其统统写下来，装进记录事实的本子里，然而任何人都不能真正理解，那些让你成长的复杂经历与微妙心情。这是一个秘密收藏，也是一种私人语言，更是一块口袋里的鹅卵石，你会在焦虑的时候随手把玩，摸起来就像几何结构一样坚硬，又如肥皂一般光滑。

甚至还有两个人之间的偷吻。初中时，学校组织大家排练了《音乐人》，在首演之夜的后台，哈罗德·希尔的扮演者透过幕布的缝隙向外张望，他凑近扮演梅厄妻子的你，压低声音：“我好紧张。”接着，他又说，“我们将永远记住这一刻，对吗？”你还没来得及回答，他就快速而轻柔地亲了一下你的嘴唇，他的动作如此小心翼翼，仿佛你是一只纸鹤，或者是薄纱做成的娃娃，风一吹就会散架。之后，他看着你，悄悄地说：“噢。”

就连那样一段共同的经历，它的真正意义也只属于你。

“嘘，你要吵醒希瑟了。”半夜，约尔丹在你的酒店房间里说话。蒙眬中，你听见了她的声音，却又想不通这怎么可能，你觉得一定是自己在做梦。

周三，你睡醒了，耳畔传来哗哗的水声。韦斯特在他的床上，你在自己的床上，而浴室里好像有人在洗澡。地上扔着一件陌生的文胸，旁边还有几件衣服和一个手包。韦斯特穿着长袖 T 恤睡觉，水声依旧非常响亮。你立即起身，走向浴室，喷头忽然关了，约尔丹围着毛巾出来，对你展露微笑，悄悄地打了个招呼：“嗨。”

“你为什么在这儿？”你说。

她扮了一个动画片中的鬼脸：“糟糕，被发现啦。”

你说：“不，说真的，约尔丹，你为什么在这儿？”

“谁知道呢，昨晚我们玩得很开心，韦斯特问我是否愿意跟他回房间，我就答应了。昨晚你去哪儿了？”

“克拉克怎么办？”你说。

她说：“是啊，这一点确实让我有些难受，不过等我去西北上大学以后，我们大概也会分手。而且，我又没有背叛他。我和韦斯特什么都没做，只是抱在一起，亲了几下而已。”

当她说这番话时，你的表情肯定十分难看，因为紧接着，她又说："我搞不懂，你干吗非要跟我过不去？我和韦斯特之间真的很有默契。倘若你对他产生了某种古怪的迷恋，因而觉得嫉妒，那我只能跟你道歉了。"

你说："太恶心了，他可是我哥哥。"而她说："没错，确实太恶心了。"

你说："我不能——我没有——"

韦斯特发出一声闷哼，翻过身来，望向门口，注视着你们俩。他似乎面带微笑，却又眉心紧蹙："这不是我最爱的两个姑娘嘛。"

此刻，你明白，如果不赶紧离开房间，你可能会不小心或故意地挖出某个人的眼球。于是你抓起自己的房卡，直奔楼下的餐厅。你碰见了妈妈，她一看到你，便皱起眉头："在下来吃早饭之前，你真的应该先把睡衣换了。"

那天上午，你跟爸爸一起体验浮潜（韦斯特已经礼貌地拒绝了邀请）。下午，你和父母坐了两小时的公交车，去参观古城遗迹。

遗迹看起来怎么样？名副其实，完全是合格的"遗迹"，所有建筑都被毁了，只剩下一片废墟。"你可以自己吃晚饭。"你妈妈说，你在泳池边的咖啡厅买了一个玉米煎饼。

夜里，韦斯特没有回房间。你继续读那本关于纽约高中女生的闲书，虽然内容很无聊，但是你想知道她们的故事。

周四，你制订了一个计划。

今天，约尔丹得陪爷爷奶奶和鼻屎小子坐船出海，因此你可以跟韦斯特单独待在一起。你会和他坐在沙滩上，假装一切正常，实际上一切都不正常，他心里也很清楚。

韦斯特会说一些傻话，试图打破僵局，然后你会说一些机灵话，而韦斯特则努力反驳，开始说“呸——”或者“切——”，你不会轻易罢休，你会说：“哦，是吗？”韦斯特会哼哼唧唧地抱怨：“现在太早了，我还没喝醉到迷人的程度。”你会说：“你还没迷人到喝醉的程度。”韦斯特会皱起眉头，作出某种滑稽的回答，比如：“你不应该这么聪明，否则对你的皮肤有害。”你会啜饮一口代基里，简单地说：“好吧。”语气显得颇为随意，却又十分轻蔑，那会让他觉得自己真的很蠢，从而彻底打败他。

事实：周四，你一整天都没见到韦斯特。

有一回，你爸爸发现你在游泳池边看书，于是问你：“韦斯特呢？”

你耸耸肩，含混地嘟囔：“我怎么知道？跟他又不熟。”

你爸爸说：“好吧。”

他正要走，你却再次开口：“对了，顺便说一句，你让我跟那个二十六岁的陌生男人共用一个房间，感觉真的超级别扭。”

你爸爸说："拜托，你认识韦斯特呀，你和他是一起长大的。"

"我六岁的时候，他就搬出去了。"

你爸爸翻了个白眼："所以，你想要自己的房间，像在家里一样？这就是你不高兴的理由？"

"不，爸爸——"

"许多人都会和兄弟姐妹共用房间，我以前就跟自己的姐姐住在一起，直到上大学为止——"

"不，不是因为那个。我只是觉得，在这趟旅行中我才第一次见到他，真是太他妈的奇怪了。"

"这不是第一次——"

"这是我六岁以后的第一次。"

"首先，请你注意自己的用词。"他说，"其次，你可能不明白，韦斯特在过去十年里变化很大，我和你妈妈所作的决定完全是为了你好。如果你以前就了解他，我觉得你不会很喜欢他。"

你说："现在我也不怎么喜欢他。"

"我很遗憾你那样想，但是你不能单独住。这些房间都很贵。"

事实：你爸爸确实有点儿混蛋。

周五早晨，你睁开眼睛，发现韦斯特面朝下趴在床上，他穿着一条短裤和一件长袖T恤，床单从垫子上滑落了一半。你打算默默离开，因为实在无话可说。

可是，他忽然在床上扑腾了一下，你无法判断究竟是他睡醒了，还是一具肿胀的尸体在漏气。一个问题缓缓地从他嘴里爬出来，就像濒死的动物在寻找葬身之地一样："今天你会去海边吗？"

你说："之前你去哪儿了？"你努力表现得若无其事，然而紧接着便后悔了，你又不欠他什么，何必要小心翼翼。

他懒洋洋地呻吟："你也知道，就是四处瞎逛。今天我们去海边吧。"

"约尔丹也会去吗？"

"天哪，我不知道。"

你重新发问："之前你去哪儿了？"这一次，你显得很严肃，好让他明白你是认真的。

他说："怎么，就因为我们结伴玩了两天，现在所有事情都得一起做吗？"

你说："你到底想干吗？你为什么来这里？"

他说："我来这里是为了坐在沙滩上喝酒，你呢？你为什么来这里？"

你说："我来这里是为了见你。"

你以为那样就能让他闭嘴，但是你渐渐发现，事实：你们家的男人不会闭嘴。

“噢，真的吗？所以你才总是跟你父母出去？”

你说：“你要知道，花钱的是我父母，这些房间都很贵——”

他说：“噢，很好，既然如此，一切都解决了。因为他们大发慈悲，让我跟着你们享受奢侈的度假，所以我小时候受到的伤害就一笔勾销了。”

“我不明白你为什么要冲我发火，那又不是我的错！”

“你以为我愿意翻这些旧账吗？我只是想去海边！”

你双手叉腰：“好吧，我们去海边。”

他说：“不，你已经变成烦人的小屁孩儿了。你是吃错药了，还是怎么的？”

你们一起去海边，约尔丹正在沙滩上等着。韦斯特要了一杯啤酒，约尔丹也要了一杯啤酒，每隔几分钟，他们俩就会莫名其妙地咯咯发笑，你忍不住问：“什么事情那么好笑？”

韦斯特说：“没什么，很傻的。”

约尔丹说：“这是我们俩之间的玩笑，你不懂。”

然后，你妈妈从旁经过，询问你是否想去度假村的水疗会所做按摩，你说：“非常乐意。”

按摩的效果如何？还行，感觉挺好。谢谢你，妈妈。

后来，你发现韦斯特坐在泳池边的酒吧里，正在跟一个女人说话。她就是第一天晚上和丈夫迈下出租车的那个女人，当时她喝醉了，看到小狗觉得很有趣。

韦斯特对你露出微笑："嘿，希瑟，你还记得艾米吗？"

"哎呀，"艾米说，"你妹妹真可爱。"

韦斯特朝你眨了眨眼睛。

你说："我得走了。"

那天晚上，你们全家一起吃晚饭，地点是你妈妈从网上查到的一个小餐馆。韦斯特的眼睛周围有一圈淤青，看起来像是被人揍了。"噢，天哪！你的脸怎么了？"你妈妈说。

"我跟海鸥打了一架。"韦斯特干巴巴地说，这是他的标志性语气，明显表示他在开玩笑，但是很难分辨笑点在哪儿。

"我不明白，"你爸爸说，"你怎么会跟海鸥打架？"

韦斯特耸了耸肩："我们意见不同，所以打了一架，不过现在问题都解决了。"

晚饭还不错，你吃了一块墨西哥芝士馅饼。后来，你的父母起身去洗手间。韦斯特说："如果你开始跟一个人同时上厕所，那就说明你们俩在一起生活得太久了。"

你注视着他："是不是艾米的丈夫把你的眼睛搞成了这样？"

他说："希瑟，你为什么非得当搅屎棍呢？难道你不能放过那坨屎吗？"

你说："天哪！"

他说："整整一个晚上，你一直在盯着我，你知道这是什么感觉吗？"

你说："你对我发火，就是因为我盯着你？"

他说："拜托，别唠叨了。相信我，约尔丹动不动就发表一些青少年的狗屁理论，我已经受够了。唉，陪着你们俩，感觉就像重新回到了高中时代。"

你说："跟她上床的是你，又没有人逼你那样做。说真的，我甚至都不知道你看中了她哪一点，她简直毫无头脑，而且屁股还特别大。"

韦斯特笑了："哈，你们两个还真是一模一样，表面上假装是朋友，背地里却用最难听的坏话来形容对方。"

你的双颊变得滚烫。你从未想过，他们俩会趁你不在的时候谈论你。

"我不知道你对我有什么期待。"他说。你立即开口："我对你——"但是他没有等你讲完："其实，你跟你妈妈完全相同，懂吗？你以为你会在这里收获某种真实而坦诚的经历吗？你根本就不认识我。我们坐在一起吃饭，表现得像一家人似的，可我们并不是一家人，我们只是该死的游客。"

你靠着卡座的椅背："你的脸上有食物残渣。"

他用餐巾擦了擦脸："弄掉了吗？"

“嗯。”

你的父母回到桌子旁边。

“我和你们的爸爸觉得，今晚可以体验一下萨尔萨舞，咱们四个都去。我们在城里发现了一个好地方，他们会教大家怎么跳。”

“琼，我可能没法参加，”韦斯特说，他捏着玉米片，把一块肉在盘子里推来推去，“你也知道，我的脚不行。”

“你的脚早就好了。”你爸爸厉声说，“可恶！我们花钱给你买机票，是希望你来这里跟家人团聚，不是为了让你独自坐在沙滩上，整天喝得酩酊大醉。”

韦斯特抬起头来，有一瞬间，他似乎要抓起盘子，砸向你爸爸的脑袋了，然而最后他说：“行，咱们去跳萨尔萨舞吧。”

萨尔萨舞并没有亲密到让你喜欢或讨厌的程度。教练让你不停地换舞伴，所以你跟韦斯特跳了一会儿，跟你爸爸跳了一会儿，又跟陌生人跳了一会儿。大部分时间，你都在跟陌生人跳舞。

“真有意思，”你妈妈满脸通红地说，“我觉得很好玩。”

课程结束以后，你的父母忙着讨论应该给教练多少小费。你和韦斯特走到外面，呼吸新鲜空气，他顺手点燃一支香烟。你在马路边上默默地站了片刻，韦斯特咳嗽了一声，喊出你的名字：“喂，希瑟？”

你说："嗯？"

他说："有时候，我觉得自己什么都不必告诉你，因为当你望着我的时候，你好像能看穿一切。"

当时你并未回答，因为你真的没有心思再跟他争辩了。不过后来，你忽然意识到，这是他唯一的道歉方式，而且他已经尽力了。

于是，周六。

当你醒来时，韦斯特还在睡觉，他没穿T恤，这是你第一次看到他脱下上衣的样子。他的后背和双臂布满了奇怪的文身，颜色深浅不一，痕迹斑斑驳驳，化作又一个永远都解不开的谜团。

吃完早饭以后，你的父母去前台查看账单（"你说我儿子点了多少钱的酒水？"），韦斯特把你的行李搬到了马路边。下午的晚些时候，他将坐飞机离开，他原本打算在沙滩上度过最后几个小时，然而此刻，他改变了主意。"我在度假村待腻了，"他说，"也许我会把包留下，进城逛逛。"

你想到了返回家乡的航班，想到了即将开启的暑假。你和凯蒂·康纳已经在市区的休闲活动中心找好了兼职，担任泳池救生员。你敢肯定，她会给你讲上整整一周的八卦，却一次都不会问起你来巴亚尔塔港旅行的情况。

接着，你想到了大学，不知道你会有怎样的室友，要上哪些课程。你想到了摆在你面前的所有冒险，就像墨西哥的悠久历史一样漫长而复杂。

韦斯特说："嘿，保持联系，好吗？"他看着你，露出淡淡的微笑，耸了耸肩，仿佛要说："我就是随口一讲……"不知为何，这件微不足道的小事触动了你。你站在酒店前面，突然开始啜泣，而服务员正忙着把你的行李装进机场大巴。

你之所以流泪，并不是因为韦斯特说了什么或者做了什么，而是——总之，你放声大哭。

韦斯特变得非常不安，起初，他故意忽略你，自顾自地四下张望，仿佛周围可能有熟人瞧见这幅尴尬的情景。然后，他说："嘿，拜托，你用不着……行了，行了。"你试图停下来，结果却哭得更厉害了。他手足无措："说真的，打住，你都让我起鸡皮疙瘩了。喂，我很严肃地告诉你，到此为止。打住，别哭了。求你别哭了，好吗？"最后一句"好吗"实在太过迫切，你摇了摇头，抬起双眸，注视着他。虽然他没有说，但是你看得出来，他心里在想：

是的，我懂。

跟甩了你的人一起吃 午餐

你收到一封前任发来的电子邮件，邀请你共进午餐——究竟是何种前任，取决于你们以前的关系。对方的语气友好而随意，只是略显生硬。你以同样的口吻作出回复，答应赴约，并且定好了见面的日期。不过，那会是一顿怎样的午餐呢？请你屏住呼吸，转动轮盘，来赌一局吧！

摒弃前嫌的午餐

这大概是最理想的情况了。你们可以重新做朋友，把尖锐的矛盾统统抛诸脑后。

“你和我，咱们俩已经没事了，对吧？”

你们会承认，曾经拥有的一切很美好，然而时机尚未成熟，你们想要的东西不一样，毕竟你们是两个不同的人。正如艾拉·费兹杰拉[1]在歌里所唱的，那段过往“只是小事一桩”，更何况你们也没有乘着薄如蝉翼的翅膀飞向月亮。

你们会毫无底气地断言，这里没有坏人（因为严格来讲确实没有），并且虚情假意地保证，自己的朋友不会在背地里辱骂对方，你们也从未滔滔不绝地数落对方有多么糟糕。至于最重要的一点，你们则心照不宣——你们两个都是普通人，怯懦而软弱的普通人，既受过伤害，也犯过错误，在艰难的日常生活中，你们已经竭尽全力了。

从长远来看，那点小小的伤害微不足道，就像剃须刀划出的口子，或者偶然擦破皮的膝盖。如果你们一遍遍地重复这番话，次数够多，态度坚定，而且每回都面带微笑，那你们甚至能成功地说服自己。归根结底，你们在盼望什么呢？就算继续走下去，又能抵达何方？现在赶紧结束一切，趁着还没有人真正受伤，难道不是最佳选择吗？

这样做更合适。这样做很明智。

你们可以安慰对方和自己：没关系，一切都会好起来的。

一切总会好起来的。

---

1. 艾拉·费兹杰拉（Ella Fitzgerald，1917—1996）：美国歌手，被公认为 20 世纪最重要的爵士乐歌手之一。她曾演唱过名为《只是小事一桩》（*Just One of Those Things*）的歌曲，歌词中有“乘着薄如蝉翼的翅膀飞向月亮”的句子。

全副武装的午餐

你考虑过这种情况吗？你列好清单，带上弹药，准备出发了吗？

分手的时候太仓促了，也许你没有把想说的话都说出来，而现在，随着时间推移，你已经逐渐意识到自己承受的所有委屈。但愿你正在脑海中铸造义愤的利剑，仔细雕琢，精心打磨。你要认真思索，怎样才能让言辞变得尖锐而冷酷，达到一针见血的效果？

搏斗刚刚开始，你必须先保持距离，像蝴蝶飞舞一样移动[1]，让你的对手把所有招数都使出来，然后再奋起反击。切记，笑到最后，笑得最好。所以你得确保自己笑到最后，而且当你开怀大笑时，还要带着一种冷漠，仿佛在说："其实这一切都无关紧要，我并没有夜夜盯着天花板，在床上翻来覆去，回忆那些痛苦的瞬间。"这顿午餐将彻底决定，在分手的战场上，谁是赢家，谁是败者。你的所有训练都是为了此刻，经过漫长的等待，正义终将胜出。人群欢呼雀跃，法官敲响木槌。噢，辉煌的报应！多么甜美，多么苦涩！

这顿午餐肯定很不愉快，事后你们两个都会觉得非常糟

---

1. 出自拳王阿里的名言"像蝴蝶飞舞一样移动，像蜜蜂蜇人一样出击"。

糕，因为你们根本没有得到自己期待的结局。假如说还有一丝安慰的话（你也无法确定究竟有没有），那就是你们的关系变得十分沉重，产生了难以忽略的影响。你可以再也不用担心，自己只是对方生命中的一个光点或脚注。你所做的事情非常重要。你伤害了一个人，而这个人也伤害了你。

破镜重圆的午餐

对方会夹着尾巴道歉，眼泪汪汪地说："我想你，我错得太离谱了，求求你，我们还能回到从前吗？"

虽然听起来不太可能，但是也许你应该早做打算，以防万一。

因为，如果真是这样，如果你的前任确实相信，你们交往的荒原比单身的沙漠更有吸引力，那么你将面临两个选项，你需要仔细考虑。

选项一：好的，好的，好的。你可以兴高采烈地答应对方，怀着浪漫与激动的心情，盲目地向前冲。你将烧毁自尊，让时间倒流，假装从未分手。当初，你们俩都是傻瓜，表现得非常幼稚，而现在截然不同了。这一次，你们肯定能走下去，因为你们知道放弃会让自己失去什么。你发誓会加倍努力，不再沉溺于灰暗的阴影，而是热烈拥抱明亮、大胆、鲜艳、美丽的色彩。

然而，话又说回来，在你们分开以后，也许你已经思考了许多，也许你已经明白了奋不顾身的愚蠢，也许那盆冷水浇得正是时候。毕竟，做人总要现实一点儿。

你必须想清楚这个问题：你愿意张开双臂，欢迎旧爱的归来，还是在理智的驱使下，刺痛对方的心脏，就像那个人曾经伤害你一样?

你应该提前做好准备，不过别抱太大的希望，因为上述情况恐怕不会出现。尽管这顿午餐会有许多可能性，但是复合的希望十分渺茫。

怀念过去的午餐

如果你们的见面地点在其中一人的公寓附近，那么饭后你们可能会再次上床。你也知道，只是为了纪念一下过去的时光。如果你们没有这样做，那些过去的时光肯定会非常失望，这是你们亏欠它们的。

那些。

过去的。

时光。

这并非和好的标志，你也别自欺欺人，将其当作结束的句点。实际上，它是介于二者之间的东西。不过，真的有那种东西吗？宽泛地来讲，也许有吧。虽然很难描述，但是的确存在。

就像根据你最爱的小说改编的电影作品，或者按照你最爱的电影搭建的主题公园。就像复印件的复印件，或者鬼魂的影子。

就像无麸的意大利面。

至少那还是意大利面。

物归原主的午餐

还有什么好说的呢？

世界依然存在。

潮水退去，火焰熄灭。

你早就知道这一天会来，只是你不愿相信。

伤口愈合了，宇宙冷却了。你那谨慎的心脏就像一头豪猪，渐渐舒展四肢，收起身上的尖刺，继续漫无目的地前行。一件毛衣放在别人的柜子里，几乎毫无存在感，也不会勾起多少回忆。

你原本打算永远消沉下去，实际上，你还有工作要做，有饭菜要吃，有电影要看，有差事要办。你想一直保持颓废的状态，把痛苦变成一块纪念碑，在干硬的土地上凿出一道巨大的裂缝。说真的，你哪有这个时间呢？

结果，你挺过来了——显然，你们俩都挺过来了。于是，一切都奇迹般地恢复了正常。然而，有一件毛衣依旧放在别人的柜子里，也可能是一本书，或者一顶冬天的针织帽。

无论你们之间擦出过怎样的火花，那些记忆都已经生锈了、腐蚀了，湮没在时间的长河中，很少被人想起。分手没什么大不了的，根本算不上悲惨的心碎。生活中会发生许多事情，离别只是其中之一罢了。

这是你的东西，还给你。祝你幸福。

鲁弗斯

“鲁弗斯”是一种含义丰富的叫声。当人形怪发出类似“鲁弗斯”的叫声时，可以表示“过来”，或者“我正在抚摸你的脑袋”，或者“很高兴见到你”，或者“我很生气”。我已经弄清了“鲁弗斯”的许多意思，我非常聪明。

有时候，人形怪会跟其他人形怪一起发出叫声，在毫无意义的吵闹之中，人形怪会突然嚷嚷：“鲁弗斯！”而我便看着人形怪：你干吗要发出“鲁弗斯”的叫声？人形怪瞧见我的反应，总是哈哈大笑。我不知道那为什么让人形怪如此开心，但是我很高兴自己能给他带来快乐。

人形怪会发出各种叫声，身为人形怪的伙伴，我的工作之一就是破译这些叫声，挖掘其背后的含义。起初，我懒得去关注人形怪发出的叫声，我何必要搭理他呢？我可是内心世界丰富的动物，难道我还得浪费时间，努力研究人形怪的哼哼唧唧吗？不过，现在我明白了，人形怪无法听懂我的叫声，倘若我们要互相沟通，我就必须听懂他的叫声。况且，我们住在同一栋房子里，如果有一方能理解另一方，那么大家会相处得更加融洽。所以，好吧。我们是伙伴，而我负责分辨意思。

比如，当人形怪生气时，他会发出类似“坏狗狗”的叫声，这是人形怪所能发出的最糟糕的叫声。“坏狗狗”表示宇宙打算让生活变得悲惨，剥夺全部的希望。有很多次，人形怪情绪低落，冲我高喊“坏狗狗”，仿佛宇宙的不公平都怪我。看到人形怪如此激动，我觉得非常害怕，毕竟我太小了，但是我心里明白，人形怪只是一个愚蠢的大块头，他不知道“坏狗狗”跟我无关。

不过，偶尔我也会犯错。有时候，人形怪不在，我便找小软垫来玩，结果情况失控，小软垫莫名其妙地坏掉了。我明白人形怪肯定会不高兴，所以当人形怪回来时，我会跑进隔壁的房间，这样人形怪就不知道是我弄坏了小软垫。我在隔壁的房间里忙自己的事情，人形怪走进前面的房间，发出叫声：“噢，不！”

我若无其事地走过去，装作困惑的样子：怎么了？我刚才在隔壁的房间，不知道你为什么要发出叫声。欺骗人形怪让我觉得有点儿难受，不过这都是为了他好。坏掉的小软垫已经令人形怪很烦恼了，如果他知道小软垫是我弄坏的，而我又是人形怪的好朋友，那么局面将变得非常糟糕。

尽管如此，人形怪还是很生气，他大喊：“坏狗狗！”还嚷嚷着：“你干吗要这样做？”我觉得很难受，在这种情况下，也许我真的是人形怪不高兴的原因。这一次，也许我才是坏狗狗。我非常后悔，当我玩小软垫时，我并没有考虑人形怪的感受，可是一旦小软垫坏了，我便明白人形怪肯定会烦恼。

紧接着，我又想到自己欺骗了人形怪，他不知道是我弄坏了小软垫，那是好事。这一次，人形怪不知道我是坏狗狗，他认为我是好狗狗，而把我当作好狗狗会使人形怪开心，所以我得让他认为我是好狗狗。也许正因如此，我确实有资格成为好狗狗吧？我经常思考类似的问题。诚实更好吗？或者，还是应该保持形象，让别人喜欢你，放心地依赖你？我只是一个小动物，对我来说，这些问题都太大了。可能根本就没有正确答案吧？

每天早晚，我和人形怪都会出去散步。那是一项有益的运动，我可以看看街区，闻到许多味道，观察其他动物，顺便排泄体内的废物——这一点很重要。小时候，我会在房子里排泄废物，可是那样太难受了，因为脏东西会跟你一起留在房子里。后来我明白了，去外面排泄废物更好。现在，我都趁着早晚散步的机会排泄废物，感觉要舒服许多。

我可以学习，这是聪明的标志，我很骄傲自己拥有这种能力。人形怪没那么聪明，他不会学习。人形怪总是在房子里排泄废物，躲进一个专门排泄废物的房间。人形怪以为关上门我就不知道他在排泄废物了，但是我知道，我非常聪明。

有时候，我觉得如果不排泄废物，自己恐怕要爆炸了，可是我知道，过一会儿我肯定能去外面排泄废物，结果我每次都猜对了。人形怪不知道他应该等到去外面再排泄废物，没关系，毕竟人形怪不知道自己不知道的事情。

在散步的过程中，我会观察其他大大小小的动物。有些动物的气味很多，非常有趣。有些动物的气味较少，不太有趣。无论如何，观察任何动物都是十分愉快的体验。我会观察动物的正面，然后观察动物的背面。如果这个动物跟我一样小，我们便可以同时观察对方的背面，否则就得轮流进行。有时候，我正在认真观察，人形怪会突然拽一下绳子，发出叫声："好啦，该走了。"

这种行为真是多余，而且非常讨厌。大概人形怪以为我观察完了？若果真如此，那是不符合逻辑的观点，因为如果我观察完了，我自然会离开，他没必要拽绳子。如果还有需要观察的东西，我会继续观察，他依然没必要拽绳子。可惜人形怪不明白这些。有时候，我觉得如果我是人形怪，而人形怪是动物，我肯定会努力理解动物的需求。不过，也有一些事情是人形怪会做，但我不擅长的，比如开门。所以，可能我没法成为一个合格的人形怪吧？也许还是应该我当动物，人形怪当人形怪，这样比较好。

有一次，在夜间散步的过程中，我观察到远处有一个动物，看上去非常奇特。那个动物没有人形怪陪着，也没有绳子。它是一个体形庞大的棕色动物，隔着遥远的距离，向我投来视线。我惊讶地盯着棕毛大动物。它的绳子在哪儿？它的人形怪在哪儿？它有伙伴吗？它有可以睡觉的房子吗？谁给它开门？谁把它的食物放在盘子里？我怀疑，当棕毛大动物瞧见我时，它可能会觉得我很傻，居然要跟人形怪拴在一起。也许它认为动物不需要人形怪，也许它认为我不太聪明。这让我很生气，于是我便朝棕毛大动物咆哮，它立刻逃跑了，没有绳子的束缚。人形怪发出叫声："来吧，鲁弗斯，咱们走。"

第二天，盘子里的食物尝起来不一样了。味道并没有变差，只是不一样了。

很久以后的某一天，在晨间散步的过程中，我观察到一个动物，它跟我一样小，毛色是纯白的，气味非常浓重，应该去过不少地方。我发现这一次人形怪没有拽绳子，而是忙着跟另一个拴在白毛小动物身上的人形怪交流。那个人形怪又瘦又高，就像一根长条，闻起来似乎做过许多运动。两个人形怪开怀大笑，发出快乐的叫声。我仰头看向人形怪，表示我已经观察完这个动物，准备好去其他地方了。然而，人形怪没有注意到我的反应。他依然在笑，还冲着瘦长条发出兴高采烈的叫声。

后来，瘦长条出现在了房子里。这是好事，因为瘦长条闻起来很像白毛小动物，让我觉得非常有趣。我跳到他身上，仔细研究各种味道。瘦长条发出叫声："噢，你好呀！"人形怪也发出叫声："鲁弗斯，坐下！"人形怪和瘦长条互相发出叫声，然后穿过门口，离开了房子。我想跟着他们，但是我还没来得及出去，人形怪就把门关上了。他总是忘记我没法自己开门，如果他关门时，我依然在屋里，那我就必须一直待在屋里。我发出响亮的叫声，试图提醒人形怪我没能出去，可是人形怪光顾着跟瘦长条交流，没有回来帮我开门。

这一天，人形怪回来得很晚。那并非坏事，只是我观察到的结果而已。

之后，瘦长条便经常出现在房子里。有时候，瘦长条会露一下脸，接着两个人形怪一起离开。有时候，瘦长条会留下，两个人形怪坐在大软垫上，看着吵闹的扁盒子，哈哈大笑。如果说我对人形怪有什么了解的话，那就是人形怪都很喜欢看着吵闹的扁盒子，哈哈大笑。

有时候，瘦长条会带着白毛小动物过来，人形怪高喊："双重约会！双重约会！"然后，两个人形怪看着吵闹的扁盒子，而我和白毛小动物就从前面的房间跑到隔壁的房间。人形怪想得很周到，他负责陪着瘦长条，好让我能跟另一个动物在屋里奔跑。我心想：太棒了！人形怪给自己的伙伴找了一个伙伴！

我知道，屋里的成员太多，对于人形怪来说并不容易，因为有时候，人形怪会对瘦长条生气，他们俩便大吼大叫，而有时候，他们又会互相啃咬和缠斗，我无法分辨那究竟是玩耍还是打架。

有一天晚上，人形怪和瘦长条守着吵闹的扁盒子，白毛小动物跑进隔壁的房间里，跳到那边的大软垫上。我知道，这样做很不合适，于是我向白毛小动物提议：嘿，也许你应该下来，人形怪会不高兴的。我跑到前面的房间去提醒人形怪，我发出许多叫声，试图告诉他：另一个动物在隔壁房间的大软垫上！我知道动物不应该跳到隔壁房间的大软垫上，而只能待在前面房间的大软垫上。可是，人形怪无动于衷。他发出叫声："鲁弗斯，安静！"我看了看人形怪，又看了看瘦长条，他们俩都坐在前面房间的大软垫上，全神贯注地盯着吵闹的扁盒子。

我回到隔壁的房间里，白毛小动物正在大软垫上刨来刨去。我心想，也许没关系吧？也许这一次，动物可以待在大软垫上呢？我跳到大软垫上，脚下非常柔软，到处都散发着人形怪的味道。我躺了下来，感觉很舒服，就像在人形怪的怀抱里一样，仿佛在房子里还有一个房子。我很开心，抬头望向白毛小动物，结果发现了一场灾难。白毛小动物竟然在大软垫上排泄了废物，我知道这下麻烦了。

刚开始，我吓得一动不动。我该怎么办？要不要告诉人形怪？我是人形怪的伙伴，我明白自己应该让他了解房子里的所有情况。不过，这可是“坏狗狗”的消息，人形怪肯定会生气的。我心想，如果我不提醒他，也许他过一段时间才会发现，那么他就不知道是谁在大软垫上排泄了废物。说不定人形怪会以为，是他自己在大软垫上排泄了废物，然后不小心忘记了。问题在于，他也有可能以为是我在大软垫上排泄了废物！这是最糟糕的情况，坏到无法想象。我意识到，我必须赶紧把真相告诉他。

我跑进前面的房间，发出响亮的叫声。

人形怪朝我嚷嚷：“鲁弗斯，别这样！”

我跑回隔壁的房间，接着又跑进前面的房间，一直拼命地大叫：“快过来！到这个房间里看看！”

人形怪喊道：“鲁弗斯！安静！”

瘦长条喊道：“安静！鲁弗斯！”

结果，我变得更烦恼了：瘦长条居然认为他可以对我发出“鲁弗斯”的叫声？我们又不是伙伴，我根本就不认识这个人形怪。

别忘了，是瘦长条把另一个动物带进了我的房子里，是瘦长条的伙伴在人形怪的大软垫上排泄了废物。我很聪明，所以才来提醒人形怪，却因此被当成了讨厌鬼、坏狗狗。这一切实在太不公平了，我感到心烦意乱，只能继续发出响亮的叫声。

人形怪从前面房间的大软垫上站起来，好让我知道他很严肃："鲁弗斯——"

我跑回隔壁的房间，盼着人形怪能跟过来。然而，人形怪关上了房门。这太糟糕了，人形怪明知道我不能自己开门！

此时，我非常愤怒，因为人形怪不理解我。我那么努力地研究人形怪的叫声都表示什么意思，而人形怪根本不在乎我的叫声表示什么意思！为何会这样？我多么希望，当我对人形怪发出叫声时，人形怪会想："噢，我明白了。我的伙伴要告诉我，另一个动物在我的大软垫上排泄废物了。我有一个能给我通风报信的伙伴，而且我可以听懂它的意思，多好呀！"然而现实完全相反，当我发出叫声时，人形怪在想："我听不懂，我不喜欢叫声，叫声是讨厌的东西。它根本没有理由发出叫声，它之所以这样做，只是因为它不知道我讨厌叫声。我必须训斥它！那是最好的解决方式！"这让我精疲力竭。

后来，我回想起那一刻，觉得很自责。人形怪听不懂我的叫声，那不是他的错。人形怪没法分辨意思，只有我才可以分辨意思。我很聪明，而人形怪并不聪明，我不能怪他。

可是当时，我被困在隔壁的房间里，旁边就是另一个动物排泄的废物。这种情况太糟糕了。我发出许多叫声，不停地挠着房门，白毛小动物也发出叫声。我很满意，白毛小动物终于决定帮忙了，不过我也清楚，这本来就是白毛小动物惹下的麻烦，所以我还不能原谅它。

人形怪打开房门，他火冒三丈，一把抓住绳子，用力拉扯。他怒吼道："鲁弗斯！你到底要干吗！"有时候，他口中的"鲁弗斯"是友好的，但这次不是。瞧见人形怪如此生气，我感到非常害怕，不知道他会做什么。紧接着，人形怪闻了闻，我明白他发现了。他径直走向大软垫，看到了排泄的废物，高声呼喊："乔！乔！"

瘦长条迈进房间，看到了大软垫上的废物："噢，这是谁干的？"

人形怪发出叫声："不是鲁弗斯，我估计应该是小瓢虫。"

瘦长条发出叫声："小瓢虫？是你干的吗？哎呀。"

人形怪变得很烦恼："哎呀？哎呀?！"

瘦长条耸了耸肩："别紧张嘛，这不过是一次意外！没什么大不了的，冷静点儿。"

人形怪发出叫声："我没有因为小瓢虫而生气，但是你表现得不够抱歉。"

"你是认真的吗？难道你还想让我清理干净？别那么幼稚！"

"让你给自己的狗收拾烂摊子，这也算幼稚？"

瘦长条摆出一副严肃的样子，发出叫声："你到底怎么了？"

在那次事件发生之后，瘦长条便没有再回到房子里，白毛小动物也是。

从理论上来讲，这个结局并不算糟糕。我和人形怪会有更多的时间，我们可以进行长久的散步活动，人形怪还可以扔球让我捡。

可是，人形怪不想进行长久的散步活动，也不想扔球让我捡。他只想坐在前面房间的大软垫上，盯着吵闹的扁盒子。

过去，吵闹的扁盒子会给人形怪带来许多快乐，然而现在，人形怪总是显得很悲伤。起初，我怀疑他还在为白毛小动物随地排泄废物的事情感到烦恼，随着不断思考，我觉得真相并非如此。隔壁房间的大软垫早就清理干净了，而且人形怪依然睡在上面，所以那不可能是他难过的原因。有时候，人形怪甚至允许我跟他一起睡在隔壁房间的大软垫上，以前从未出现过这种情况。显然，人形怪已经不再担心大软垫会被弄脏了。那么，他为何还是不高兴呢？我实在想不通。

人形怪有一个女性的人形怪朋友，偶尔会来到房子里，给人形怪带吃的，陪我去外面散步。女性人形怪很友善，她的身上有许多好闻的气味，但是跟人形怪不一样。

有时候，人形怪和女性人形怪会坐在一起，悄悄地交流很长时间。女性人形怪会发出轻柔的叫声："你应该举办一场生日派对。"

人形怪摇了摇头："我没有心情。"

女人形怪挠了挠人形怪的后背："你会好起来的，我保证。"

有一天晚上，人形怪们聚集到一起。刚开始非常好玩，大家都想抚摸我。我跳到那些人形怪身上，他们哈哈大笑，抱着我跳舞。许多美味的食物被扔到地板上，我可以随便吃。

但是，越来越多的人形怪陆续出现。很快，他们的叫声就变得难以忍受了。屋里没有活动的空间，到处都是人形怪的腿脚。陌生的人形怪把我举起来，还拽着我的绳子。我发出叫声：放我下去！可是陌生的人形怪听不懂，我拼命地踢打、抓挠，陌生的人形怪终于松手了。我四处张望，搜寻重要的人形怪——我的人形怪，可是没有找到。我心想，噢，天哪，他永远地离开了。我既感到伤心，又觉得害怕。我开始搜寻人形怪的女性朋友，然而也没有找到。我甚至试图搜寻那个瘦长条的人形怪，依然没有找到。这就是我今后的生活吗？待在拥挤的房子里，周围全是我不认识的陌生人形怪？我非常肯定，这就是我今后的生活了。

当我思考这个问题时，最可怕的事情发生了——我在房子里排泄了废物。这基本是不可能出现的情况，因为大家都知道，平常我绝不会在房子里排泄废物。但是我吓坏了，毕竟面前有那么多人形怪。在排泄的过程中，我完全没有意识到。我低下头，瞧见地上有脏东西，我心想，谁在房子里排泄废物了？然后，我明白了：是我自己。

人形怪的其中一个朋友看到了我，发出刺耳的叫声。人形怪跑过来："噢，不！怎么会这样！"我不禁松了一口气，原来人形怪没有永远地离开，同时我又感到非常羞愧。

人形怪抓住绳子，把我拽向门口。人形怪打开门，领我走到外面，仿佛我还想再次排泄废物似的。但是我不想，废物已经排泄完了，这是显而易见的。人形怪迈进屋里，关上门。我挠了挠大门，提醒人形怪，我没法自己开门，希望人形怪会回来，帮我打开门，可是门没有开。

我抬头望向天空。我听见远处有动物在咆哮。

我想起了白毛小动物曾经在房子里排泄废物，之后它和瘦长条便没有再出现过。不知道他们俩去了什么地方，如今我也得去那儿吗？我明白，若果真如此，我不能抱怨，一切都是我应得的惩罚。人形怪已经很烦恼了，他不需要在房子里排泄废物的伙伴。这种行为是严重的背叛，现在我才真正懂得“坏狗狗”是什么意思。

我想起了棕毛大动物，它没有人形怪，也没有房子。先前，当我隔着遥远的距离观察它时，我很好奇，如果自己像棕毛大动物一样，没有绳子的束缚，那会是什么感觉。现在我非常后悔。我终于体会到了那种感觉，但是那种感觉并不好，我一点儿也不开心。

人形怪打开门，我大大地松了一口气。他坐在我旁边的台阶上，发出叫声：“唉，你呀——”我很内疚，自己竟然在房子里排泄了废物，我知道当我这样做的时候，我不是一个好伙伴。可是，我不想成为无家可归的动物。我看着他，努力用表情传达想法：请不要把我赶出房子，从今往后，我会做一个好伙伴，一直都对你很好。我知道人形怪不太擅长理解意思，但愿这一次他能够明白。

人形怪挠了挠我的后背，发出一连串的叫声："鲁弗斯，鲁弗斯，鲁弗斯。"我知道"鲁弗斯"的含义非常丰富。有时候，"鲁弗斯"表示"很高兴见到你"。有时候，"鲁弗斯"表示"我很生气"。而这一次，我发现两种含义都有。这一次，当人形怪发出"鲁弗斯"的叫声时，感觉就像把所有的"鲁弗斯"都混到一起，融合了许多意思。比如，"哎，瞧瞧咱俩。"比如，"好啊。"比如，"为什么？"比如，"我们现在要干吗？"这一次，"鲁弗斯"表示"好狗狗"，也表示"坏狗狗"，还表示"让我来给你挠挠背吧"。

人形怪不停地发出叫声："鲁弗斯，鲁弗斯，鲁弗斯。"他挠着我的后背，而我爱他。我爱他，愿意奉献自己的一切。我爱他，就像他是我的一部分。

禁忌游戏的规则[1]

首先抽取一张卡片，顶部写着需要队友回答的目标词，而下面则列着不许用来提示队友的禁忌词。你必须在避免讲出禁忌词的前提下，想办法让队友猜到目标词。

例如：

如果你的目标词是“高”，那么你不能说“低矮”“庞大”“个头”“尺寸”和“血压”，但是你可以说：“‘这个’是星巴克最小的杯型。”或者，“你妈妈的鞋跟非常‘这个’。”或者，“昨晚，在克里斯滕举办的派对上，你跟那名漂亮的法律系学生聊了一个多小时，她穿着小礼服，显得特别‘这个’。

1. 禁忌游戏（Taboo）：一种猜词棋盘游戏，玩家轮流抽取卡片（上面通常会写有一个目标词和五个禁忌词）并提示队友，提示时不能使用目标词或禁忌词，队友在规定时间内猜出目标词就算胜利，可以在棋盘上继续前进。

我告诉你，我想回家了，你说，‘再给我二十分钟。’我说，‘我真的想走了。’你说，‘你就不能耐心点儿吗？’史蒂夫，我觉得你对我的要求太‘这个’了，实在太‘这个’了。”

如果你的目标词是“床”，那么你不能说“毛毯”“枕头”“睡觉”“卧室”和“双人”，但是你可以说：“我们的‘这个’铺着天蓝色被单。”或者，“每逢周日，我们都会把‘这个’的天蓝色被单送去清洗，换上浅黄色被单。”你还可以说：“吉莉安，有时候，在上‘这个’之前，倘若我想了太多关于我们的事情，我就会梦见自己在暴风雪中拖着一辆汽车。吉莉安，你认为那是什么意思呢？我觉得那可能表示，在上‘这个’之前，我不应该想太多关于我们的事情，但是我很难做到，因为我们共用一张‘这个’，而你近在咫尺，却显得如此遥远。”

如果你的目标词是“早餐”，那么你不能说“饭食”“清晨”“薄饼”“俱乐部”[1]和“蒂凡尼”，但是你可以说：“当我们在三十四街的天窗小店吃‘这个’的时候，你我决定搬到

1. 俱乐部：指“早餐俱乐部”（breakfast club），即为到校较早的孩子提供早餐的服务，另有一部上映于 1985 年的美国电影名为《早餐俱乐部》。

一起。在那之前，我们刚刚乘坐黎明的火车，离开你父母居住的朗肯科玛[1]，抵达纽约宾州站[2]。史蒂夫，你点了一份煎蛋卷，我要了一碗水果。你说，‘咱们还要分别给两套公寓付租金，岂不是很傻吗？’我红着脸笑了。对我们而言，未来似乎是一张大网，充满了无数可能性，就像分支众多的长岛铁路线。”

如果你的目标词是“公园”，那么你可以说：“吉莉安，在格林堡[3]‘这个’，我第一次意识到自己爱上了你。当时是八月份，我们买了一份周日的报纸，在‘这个’里大声朗读。你在一棵红橡树下打盹儿，阴影缓缓移动，阳光照向你的脸庞，你皱起眉头，接着露出微笑。我忽然意识到：这就是我想要的生活，仅此而已，直到永远。正是在那座‘这个’里，我明白自己彻底沦陷了。我无可救药地爱上了面前的女人，两个月前，在一场派对上，她醉醺醺地靠近我，仿佛认识我似的，在我耳边含糊地咕哝，‘总会有人爱上不完美的你。’”

如果你的目标词是“改变”，那么你可以说：“不

1. 朗肯科玛（Ronkonkoma）：位于美国纽约州长岛的一个地方。
2. 纽约宾州站（Penn Station）：全称为纽约宾夕法尼亚车站，位于美国纽约市曼哈顿中城，纽约市最为繁忙的铁路车站。
3. 格林堡（Fort Greene）：指格林堡公园，位于美国纽约市布鲁克林区的一个公园。

知不觉间，我一直在慢慢地‘这个’。我也说不清究竟是怎么回事，但我已经不是你在格林堡公园里爱上的女人了，我再也回不到那个八月的周日了。大家经常说，女人之所以跟男人分手，是因为女人盼着男人会‘这个’，而男人却没有‘这个’。男人之所以跟女人分手，是因为男人希望女人不会‘这个’，而女人却‘这个’了。不过，他们好像没有说过，男人和女人为什么要在一起？”你当然可以这样讲，但是何必呢？不如直接跳过吧。你可以说：“跳过。”于是你的队友便发出抱怨的呻吟，你说，“对不起，史蒂夫，我不知道该怎样描述那个词。”接着，你又补充道，“而且，这个游戏太无聊了，我讨厌这么愚蠢的游戏。下次咱们还是玩叠叠乐[1]吧。”

如果你的目标词是“明天”，那么你不能说“日子”“今日”“昨日”“之后”和“未来”——你有许多不能说的东西——但是你可以说：“不知为何，‘这个’让我感到非常害怕。也许我只是太软弱了，也许我们俩都很软弱。”

如果你的目标词是“眼睛”，那么你不能说“脸

1. 叠叠乐（Jenga）：一种积木游戏，玩家将下方的积木抽出，摆到最上层，积木倒塌即标志游戏结束。

庞”“鼻子”“墨镜”“看到”和“心灵”，但是你可以说：“昨晚，我注视着你的‘这个’，就像撞上了一堵墙。透过你的瞳孔，我什么都望不见。以前我总是觉得，你的‘这个’里面充满了深切而强烈的渴望，如今我才恍然大悟，原来那仅仅是我自己的映像。我真是太傻了。我们俩都太傻了。”

你可以跳过，你的队友也可以跳过，然后你们便感谢宾客的到场，感谢他们带来的芝士蛋糕。当你从客厅收走酒杯时，你可以顺口说一句：“今晚玩得很开心。”语气十分随意，显得半真半假。在爬上铺着天蓝色被单的双人床之前，你整理好游戏使用的道具，放回客厅壁橱里的架子上。这样你就不必再看见它，甚至不必再想起它，直到下次举办派对，你才会重新把它拿出来。

渐入高潮

“你有没有考虑过，也许你想得太多了？”莉齐问。

我们像往常一样，经历了漫长的一夜，坐下来吃早餐。她像往常一样，努力缓解眼眶周围的淤青。我们俩几乎天天都要忍受宿醉的折磨，此刻也不例外。我们正在谈论一个邀请我出去约会的小伙子，衡量答应他的利弊。

“我确实认为自己想得太多了，”我说，“我一直都这么认为。可是，我又忍不住担心，万一我没有想得太多呢？如果我只是在正常地思考，却认为自己想得太多了，就因为我下意识地要摆脱麻烦，那该怎么办？”

莉齐把伏特加跟咖啡搅拌到一起：“你可能想得太多了。”

我不置可否地耸了耸肩，说：“哦，好吧……”

“猪排，你知道我是怎么想的吗？”最近莉齐开始叫我“猪排”了，据说这个绰号源于我们之间的一个玩笑，然而我不好意思承认，其实我根本就不记得了。“我认为你不敢迎接挑战，因为你害怕受到伤害，你是一个不折不扣的胆小鬼，而且我相信这是一种临床上的心理疾病。”

“好吧，首先需要声明，我不是胆小鬼。实际上，就在这周，我还打败了地下生化恐怖分子，完成了拯救世界的任务。”

莉齐皱起五官，摆出标志性的苦瓜脸，嗤之以鼻：“没错，不过那对你而言简直易如反掌。你本来就力大无穷，还能发射光子冲击波。别误会我的意思，你的所作所为确实很棒，但是你已经有多久没做过真正令自己恐惧的事情了？”

从某种程度上来讲，这是一个关于超级英雄的故事。我猜大家都喜欢那样的设定——奇妙非凡的特殊能力，形形色色的反派人物，我们并肩作战铲除邪恶，等等——实际上，这是一个关于摇滚乐队的故事。在情况变得不可收拾之前，克莱经常说，他从未想过要做什么超级英雄，他只想成为摇滚明星。我跟他差不多，但是我连摇滚明星都不想当，我只想尽情地喝酒。

那时候，我二十三岁，住在传教区[1]，为一家主打橄榄类菜肴的餐厅端盘子，赚取微薄的收入。我有几条夏天的连衣裙，穿起来不至于太丑。总之，日子过得很正常，就是那种压抑

1. 传教区（the Mission）：美国加利福尼亚州旧金山的一个社区。

的正常，正常得我都想自杀了。我阴差阳错地加入了一支名为“渐入高潮”的五人乐队，担任键盘手，演奏风格混合了另类民谣、法滋朋克和瞪鞋摇滚[1]。我感觉乐队发展得还行，有许多网友给我们的 Instagram 点赞，大家开始关注我们，在独立音乐博客和《旧金山周刊》上为我们撰写好评，而我们则忙着商量巡回演出的计划。

克莱（鼓手，兼敲牛铃[2]）在波特兰有一群朋友，他认为他们能帮助我们上那儿举办一场演出，然后我们就可以走遍整个太平洋西北地区[3]，宣传我们的音乐。我从未去过波特兰，而且我已经在“何不带我吃橄榄”餐厅攒了一些假期，加上我又刚刚跟自己交往的姑娘闹僵了（她的事情还是少说为妙），所以我完全支持这个提议，尽管私底下我经常怀疑，也许“渐入高潮”的水平没那么高——当然，前提是真的有水平。

“我受够了巡回演出之类的活动。”乔艾尔（主唱，固执己见）说，“我陪着上一个乐队折腾过。你得花一大笔钱给汽车加油，在许多空荡荡的酒吧里表演，等到你回家以后，根本就

1. 法滋朋克（fuzz-punk）：朋克音乐的支派，利用名为“法滋”的音频信号处理器制造失真效果。瞪鞋摇滚（shoe-core）：另类摇滚的支派，乐队在演出过程中站着不动，并且始终低着头，好像在看自己的鞋子一样。

2. 牛铃（cowbell）：打击乐器，状如四棱锥。

3. 太平洋西北地区（Pacific Northwest）：美国西北部地区和加拿大西南部地区。

没有人记得你是谁。咱们应该趁着势头正旺，集中精力在湾区发展粉丝。而且，”她补充道，“俄勒冈州简直糟透了。”

于是，我们没有去波特兰。

我们留在了旧金山，又一次前往砖泥音乐厅[1]，迎接铺天盖地的嘲讽与谩骂。我努力思考今后真正想做的事情是什么，因为我敢肯定不是这个。不知为何，我相信自己很特别，注定要完成某项重大的使命。可是，我活得越久，便越发迷茫，感觉我似乎跟大家一样，只是一个普通人而已。

正在此时，马特·王告诉我们，他听说塔霍湖[2]附近要举行乐队比赛。马特是莉齐在大学里认识的一个家伙，他自称是我们的“经理”，不过在多数情况下，那仅仅表示他会打着领带来看我们演出，并且给我们买酒喝。

在这个阶段，我们已经拥有了一批还算忠实的观众，包括莉齐的女朋友凯瑟琳、艾丽斯的怪叔叔——他成天戴着一顶船长帽，还让我们管他叫“水手”（欢迎来到旧金山）——以及六七个小伙子，他们都认为自己是乔艾尔的男朋友。然而有时候，我们在台上演出，马特是底下唯一的观众。他独自坐在后面的卡座里，如果我们开始演奏《绝不》，他便露出傻乎乎的

---

1. 砖泥音乐厅（Brick & Mortar Music Hall）：位于旧金山传教区的一处音乐演出场所，每年会有许多乐队和音乐人在此演出。
2. 塔霍湖（Tahoe）：美国大型淡水湖，位于加利福尼亚州和内华达州的边界。

微笑，仿佛从未听过这首歌似的。那家伙的最大特点就是非常体贴，他总会第一个问你冷不冷，要不要穿他的外套，还有他能否为你买一杯酒。

“你们真的应该去参加这个乐队比赛。”马特说，“我觉得咱们必须开拓视野，不能局限于小小的湾区。”

“噢，是吗？‘咱们’？”乔艾尔说。可以想象，她对此很不情愿，但是艾丽斯（主音吉他手，处事理智）有座家庭度假小屋，恰巧位于湖边，能够容纳我们所有人，而几英里外就是废弃的政府试验机构。看起来，这似乎是逃离城市的好机会。

我们一个接一个挤进克莱的面包车（除了马特——他特地强调自己非常想去，但还有工作要处理，无法脱身，我们觉得没关系，因为马特本来就不是乐队的成员，乔艾尔特地向他强调这一点）。我们很晚才抵达小屋，刚下车便围着外面的篝火坑开始喝酒。

酒过三巡，我注意到莉齐已经进屋了。我四处寻找，发现她在厨房里，背靠着料理台，正在撕啤酒瓶上的标签。

“怎么了？你每次喝酒都会变得非常奇怪，而且闷闷不乐，”我说，“莉齐，别这样。”

她摇了摇头，尽量不看我。她皱起五官，挥手示意我走开，其实那是一种徒劳的做法，就像在跟一个好朋友说：我不想让你分担我的烦恼。然而你心里清楚，对方最大的愿望就是分担你的烦恼。

“莉齐，到底怎么了？”

“我和凯瑟琳分手了。”

“噢，天哪！你没事吧？”

“我很好。”她无精打采，显然一点儿也不好。她又从冰箱里拿出一瓶啤酒。

“你们之间发生了什么？”

“不知道。我就是一直在想，谈恋爱不应该这么艰难，你明白吗？可我总是把情况搞得很复杂。不过，也许一切都是她的错，因为她打破了摇滚的首要原则。”

“什么原则？”

我看着她笨拙地摆弄插销。然后，她推开纱门，迈进夜色中，扭头冲我大喊：“永远都不要爱上贝斯手！”

我跟着她回到篝火旁，乔艾尔挑起眉毛：“你俩去哪儿了？”

“是啊。”克莱说。他拿起艾丽斯的木吉他，拨动琴弦，自顾自地哼唱起来：“你们俩——去——哪儿了？”

“我们只是单独聊了几句。”我说。

“好吧，我很高兴你们回来了，”艾丽斯说，“因为我有东西要给大家。”她抓起自己的背包，掏出她为我们制作的大麻项链，每条项链上都穿着一颗蓝色的珠子，那是她从邻居家搞来的。这位神秘主义者就住在她的楼下，喜欢烧一些奇奇怪怪的香，还会收集被车撞死的动物（欢迎来到旧金山），亲手做成标本，导致公寓里总是弥漫着难闻的气味。

我们纷纷把项链挂到脖子上，结果又一次挑起了熟悉的话题——“我们究竟是哪种乐队”。此时，我们已经很擅长开启这个话题了，几乎任何事情都能成为触发点。

“所以，现在我们是一个佩戴同款项链的乐队了？”

“拜托，乔艾尔。”

“怎么，没有人觉得那很俗气吗？”

克莱依然在即兴地拨弄吉他，他唱道：“噢——我实在不明白——我们干吗要讨论项链的问题——要知道——我们还在演奏三年前写下的歌曲。”

“乐队都会演奏老歌，克莱。虽然在重复，但是遍遍都不一样。”

“好，不过大家都听到艾丽斯说‘便便’了，对吧？”

“随便你怎么讲，反正我的目标不仅仅是组一个乐队，懂吗？难道你们从来都没有幻想过——”

突然，晴朗的夜空中劈下一道闪电，击中了莉齐的项链，接着依次在五颗蓝色的珠子上弹跳。我们被撞入身后的树林，摔进厚厚的枯叶里，就像散落在纸上的橡皮屑一样。

“大家没事吧？”我高声呼喊。

“没事——才怪。”艾丽斯说，她刚站起来，就绊了一跤。

她把手放在石头上，地面微微晃动，大约十英尺以外，有一棵小树倒下了。

“重点是‘才怪’。”乔艾尔说，她飘在三英尺高的空中，眼睛仿佛着火了。

我不知道究竟是怎么回事，也许是因为莫名其妙的闪电，也许是因为神秘邻居的珠子，也许是因为附近有废弃的政府试验机构，也许是因为我们喝醉了，也许是因为这种情况本来就时有发生，无论如何，那天晚上我们都获得了超能力。我再重申一遍，关于超能力的部分，我实在不愿多谈——我不喜欢让别人以为，我的独特之处就是能通过拳头发射光子冲击波，而非其他方面，比如有趣的性格——不过，我还是得说明一下，使用超能力需要遵守两条基本规则：第一，我们必须戴上那条穿着蓝色珠子的项链；第二，我们必须喝酒，而且醉得越厉害，就会变得越强大。

回到城里之后，我们便开始讨论，也许可以趁机组建一个超级英雄团队。说实话，大家只是在瞎嚷嚷而已，并没有认真考虑。

“我就是觉得，‘行善除恶’之类的想法恐怕有点儿老套，”乔艾尔（主唱，火焰激光眼、飞翔术）说，“我们应该怎么做呢？难道要跑到街上四处游荡，等待路人遭遇抢劫吗？那样似乎太浪费时间了吧。”

紧接着，艾丽斯（主音吉他手，动能震颤、瞬间传送）发表了一番慷慨激昂的演讲，谈到了责任、身为宇宙公民的意义以及社会契约什么的。要是我能多记住一些就好了，因为当我转述的时候，听起来特别矫揉造作，但是那番演讲真的很棒，非常鼓舞人心，而且可以让你深刻地体会到，每件事情的发生都是有原因的，你的生命中隐藏着一条高贵的脉络，哪怕仅仅是活在这个世上，你也已经成为美好的一部分了。不过，谁知道呢，大概你必须在场，才能明白那种感受吧。

于是，我们便当了一段时间的超级英雄，结果惹来不少麻烦。

那些经历我并非全都记得，因为乱七八糟的事情太多了，而且在紧要关头，我总是醉得一塌糊涂。不过，我依然能想起零星的画面：在深夜里，街道上扔着破碎的玻璃瓶；在长周末[1]，我们从五十英尺的高空掉下来，狠狠地摔断鼻梁骨。回忆中充斥着跌倒、坠落、狂笑、呐喊、挥拳、爬行、尖叫、哭泣、跳跃、飞翔、生存、喝酒、唱歌、喝酒……我们同嗑药的天使搏斗，那都是货真价实的堕落天使，上帝可以作证。我们

1. 长周末（three-day weekend）：指休息三天的周末。在美国，根据 1971 年生效的统一假期法案，许多节日都被定在周一，加上周末两天便会形成三天的长周末假期。

打败了巨大的海洋生物，它们就像泛美金字塔[1]一样高。我们通宵闲聊，跟粉丝上床，阻止银行抢劫，接受记者采访。他们会提问："你们真的刀枪不入吗？"乔艾尔目不转睛地盯着对方，凑近磁带录音机，意味深长地说："我没法替其他人回答，但是我自己的身体已经被进入过许多次了。"

在拯救世界的路上，我们总会被新闻媒体所包围，无数的麦克风伸到面前，耀眼的闪光灯亮成一片。"你们如何保持谦逊？"我们擦掉唇边的威士忌，摇摇晃晃地飞起来，朝着下一个冒险前进，然后回头大喊："我们用不着。"

一夜之间，乔艾尔的爱慕者就从六七个增加到了好几百。在小餐馆和酒吧里，漂亮的姑娘们纷纷涌向克莱："嘿，你不是'渐入高潮'的人吗？"而克莱（鼓手，兼敲牛铃，可以吸收物体的动能和密度）则面带得意的笑容，说一些极为粗俗的蠢话，比如："我确实准备好渐入了，但是还没到达高潮。"

不过，最糟糕的还是莉齐。她喜欢主动勾搭那些女人，无论她们是独自坐着还是有人陪伴，就算她们身边不是女朋友，而是男朋友或丈夫，她也会直接跑过去说："喂，你干吗要和这个家伙在一起？你看我怎么样？我是一名贝斯手，床上功夫超级棒，而且拥有魔法六边形的力量。你愿意跟我走吗？"

---

1. 泛美金字塔（Transamerica Pyramid）：美国旧金山第二高的摩天大楼。

与此同时，我们不停地遇到必须消灭的坏蛋、亟待解决的案件和需要商讨的协议。马特·王辞掉了原先的工作，开始担任我们的全职业务经理。我不知道如果没有马特，我们该怎么办，真的。你想想看，超级英雄要如何保持收支平衡呢？尤其是我们这种超级英雄，整天喝得酩酊大醉，还经常撞倒各种建筑物。马特在市中心租下一块空间，作为我们的行动基地，艾丽斯趁闲暇时将那里改造成了一个跨维度传送站。

当你最喜欢的乐队跟著名的唱片公司签约时，你会非常激动，真心替他们高兴。接下来，他们发行了新专辑，听上去过于商业化，就像烂大街的流行歌曲一样，你似乎记不清他们最初的独特之处了，你明白那种感受吗？我讨厌说这些陈词滥调，但是跨维度传送站出现以后，我们的情况差不多就是如此。

我们突然开始在不同的维度之间穿梭，跑到遥远的星球和假想的世界里，对付更加可怕的敌人。他们的脑袋是密密麻麻的蠕虫，身上没有双腿，却长着四条胳膊。虽然周围不断发生疯狂的事情，但是我们依然努力保持冷静，做到脚踏实地（就算不能站在地上，至少也得踩着莉齐的魔法六边形），牢记自己是谁。

有一次，克莱醉得东倒西歪，又被毁灭者多尔杰克打到半死，把整整一扎覆盆子莫吉托都吐在了12号地球的粗糙表面上。他抓住一位外星勇士国王，从对方古老的化石心脏中吸收动能，同时转向我，露出傻乎乎的微笑，开口问道："嘿，你觉得咱们几个当中，谁会先结婚呢？"

事实证明是乔艾尔。她在报上刊登了结婚公告，题目是《我的火焰激光眼里只有你》，数以千计的爱慕者为此心碎不已。她的婚礼相当甜蜜，唯一的遗憾就是打碟师不肯播放《长着棉花眼的乔》[1]，尽管我和莉齐要求了许多次，而且在切蛋糕的过程中，黑影人袭击了我们。依我看，这种行为太卑鄙了。我们很快便喝得烂醉，又一次打败了黑影人和他的狂热追随者，然而婚礼还是或多或少地遭到了破坏，乔艾尔的丈夫萨姆显得非常沮丧。

"我只希望能有一天完全属于我们两个，而不是围绕着你和你认识的那些超级英雄。一天就好。"

那段时间留给我的印象主要是各种交谈。我会和莉齐懒洋洋地闲聊，同艾丽斯深入地探讨真理、正义和社会，跟乔艾尔轻佻地议论哪些超级反派其实还算可爱，而哪些家伙则是不折不扣的混蛋。我们窝在小餐馆和酒吧里，一直待到凌晨三点、四点，乃至上午八点、九点，讲着彼此才能听懂的笑话，回忆自己和前任之间苦乐参半的往事，思考哲学方面的两难问题，

1.《长着棉花眼的乔》（*Cotton-Eyed Joe*）：美洲的一首传统乡村民谣。

抱怨店家提供的服务太差。

当马特·王约我出去时，我第一个告诉了莉齐。

“马特？就是我认识的那个马特？”莉齐把满口的玉米片都喷了出来，“你怎么回答他的？”

我耸了耸肩：“我说会考虑一下。”

莉齐若有所思地点了点头，“猪排，你应该跟他出去。你需要稳定的恋爱生活。”

“哦，我需要稳定的恋爱生活？你还是先瞧瞧自己吧。”

“这关我什么事？”

“你到处勾搭那些胸大无脑的傻姑娘，把她们接二连三地带回家，难道就能获得深层的情感满足吗？”

“她们不是胸大无脑的傻姑娘。”

“抱歉，她们是才华横溢的交际花，拥有杰出的智慧与品味……”

莉齐交叉双臂：“一个女人的最大缺点莫过于仇视其他女人，这样的女人一点儿也不可爱。”

我翻了个白眼，故意摆出自怜的姿势：“你竟然觉得我不可爱，我好伤心哪！真的，晚上都睡不着觉了。”

莉齐忍俊不禁：“说实在的，你应该跟马特出去。你明明喜欢他。”

“你根本就不知道我喜欢谁。”

“我知道你的一切。况且，你上次和男人约会都是什么时候的事情了？如果在接下来的——”她看了看手表，“一周半以内，你还没有摸到男人的屁股，那你恐怕要失去双性恋的头衔了。”

我笑了：“是吗？这种逻辑应该算顺性别主义吧？”

“别岔开话题。”

“什么话题?！”

她凑上前来：“猪排，我认为你可能是一个典型的同性恋。”

“那你是什么？迎新委员会的负责人？”

“你在逗我吗？我已经要努力跟艾丽斯竞争了，当然得劝你退出市场啊！”

“噢，我总算明白是怎么回事了。”

“我这是在全心全意为自己着想，难道你看不出来吗？”

“好吧，万一我和马特约会了，结果进行得不顺利，回来以后他依然要担任我们的经理，而我还得天天见到他，那该怎么办？或者，就算这次约会进行得很顺利，感觉非常不错，可是过了一段时间再出现问题，又该怎么办？”

莉齐打开我的手提袋，掏出扁酒瓶，往自己的咖啡里倒了一些伏特加：“你有没有考虑过，也许你想得太多了？”

于是，我和马特约会了，他领我去了马林的一家高档餐厅。我告诉他，我正在自学吉他，他询问能否来我居住的公寓，听我弹点儿什么，我认为那是相当大胆的举动。在约会之前，我故意没有收拾房间，我觉得如果屋里很乱，我就不会带马特回家了，这是“不刮腿毛”策略的升级版。然而最后，我还是带他回家了，可见我最初的想法实在很幼稚。

我写了一首傻乎乎的情歌，并非为特定的对象而作，不过我还没准备好给任何人演奏。而且，倘若我给马特演奏了，感觉就像在对他表白似的，我不愿意那样。所以，我选择了一首佛利伍麦克[1]的歌曲。我弹得很差劲，大概漏掉了六七个和弦，可是马特似乎没有发现，或者是他假装没有发现，反正两种情况都很气人。如果他真的无法分辨，那我们还需要这个家伙做乐队经理吗？如果他只是为了讨好我而假装没听出来，那也未免太瞧不起人了。无论如何，之后我依然和马特上床了。

第二天早晨，在传送站的小厨房里，莉齐迫不及待地拦住了我。

“上床的感觉怎么样？”她问。

我正喝着酸奶，一下子呛到：“马特告诉你我们上床了？”

“没有，是你刚刚告诉我的。”

我翻了个白眼：“如果你在审讯邪恶势力的帮凶时，能有盘问我的一半水平……”

1. 佛利伍麦克（Fleetwood Mac）：一个老牌摇滚乐队，1967 年成立于伦敦。

莉齐冲我露出微笑："恭喜你，猪排。你终于被吃干抹净了，我真为你骄傲。"

我努力模仿莉齐的经典表情，嗤之以鼻："那你呢？你也打算找个人交往吗？"

"我已经找过很多人了。"

"没错，但是你根本就不在乎她们。我想看到你跟自己真心喜欢的姑娘在一起，我敢打赌，到时候你会变成全世界最大的傻瓜。"

她没有说话，只是注视着我，默默地啜饮着咖啡。

然后，我就二十四岁了，那一年发生了许多事情。

起初，二十四岁的日子还算有趣，就像任何东西刚开始都显得有趣一样。可是，从某一刻起，我忽然意识到，随着时间流逝，我们演奏音乐的机会在不断变少，而失去知觉的次数在迅速增加，我们战斗得越久，就需要越多的酒精来发挥威力。在打败了被免职的外星总督或愤懑的变异海豚以后，总会有其他敌人在等着跟我们较量。我们渐渐怀疑，自己真的是为了过上这种生活才成为超级英雄的吗？

有一回，克莱问我是否考虑过要罢手。"我的意思是，咱们都已经二十四五岁了，年纪也不小了，不太适合四处奔波、每天喝得烂醉、跟疯狂的蜥蜴兽搏斗了，你觉得呢？难道咱们四十岁的时候还得继续做这些事情吗？”

我必须承认，他说得有道理，但是坦白来讲，我实在不擅长其他事情。

“而且，”他轻轻地说，“如果打人的次数太多，你恐怕会精神失常。”他咯咯地笑了起来，显得尴尬而又悲伤。

“克莱，”我说，“我们对付的那些家伙都是坏蛋。”

他说：“我明白……”他不安地摆弄着项链上的珠子。

可是，每当我跟马特（我估计现在他应该算是我的男朋友了）商量要减少超级英雄的行动时，他都会激烈地表示反对，声称这是我的使命，人们很少有机会能完成我做的事情，只有傻瓜才会放弃。“更何况，”他补充道，“如果突然，你们都不当超级英雄了，那我该怎么办呢？”

我不知道我是否完全被他说服了，但是我知道他真的很在乎我。而且我发现，有时候谈恋爱意味着你要做一些自己不太喜欢的事情，好让另一个人开心。

“还有，”他会说，“我需要你在表格上签字，这是一份标准授权协议。”

我爱马特，不过这种情况就像是你准备好要爱某样东西了，而面前正好有一样东西能让你去爱。我依然在自学吉他，试着弹奏那首傻乎乎的小情歌，却又不给任何人表演。趁着马特洗澡的时候，我会偶尔练习一下，他走出来问：“你刚才唱的是什么？”我便回答：“没什么。”拥有一个专属于自己的秘密，感觉真好。

我喜欢待在乐队里，我也确实认为我们做的事情很重要，但是经常有人粗心大意，搞错酒精的用量，结果醉得无法动弹。有一次，我们正忙着抵御渗透怪的攻击，可是在战斗过程中，克莱竟然打开手机查看短信，我很想说：喂，咱们能集中精力吗？

有些夜晚，乔艾尔并未回家，而是独自喝酒，最后睡在传送站的沙发上。第二天早晨，我们问她是否和萨姆闹矛盾了，她会说：“我很好，只是——反正我大部分时间都得守在这里，而且我和萨姆又住在伯克利，过桥太麻烦了。”她的解释似乎很合理，但是从另一方面来讲，乔艾尔可以飞翔，我不太明白她为何要担心交通问题。

之后，我和莉齐也遇到了麻烦。我们俩被困在赛博公司大楼的通风管道里，努力思考如何打倒疯狂女神萨斯皮拉。对方已经集齐了所有的原始宇宙水晶，全部镶嵌到威力无边的能量权杖上。这时，莉齐突然显得面色阴沉、闷闷不乐，她盯着自己的双脚，嘟囔道：“有什么意义呢？一切都没有意义。”

我说：“莉齐，现在不是感慨人生的时候。你喝红酒了吗？你不能碰红酒，否则就会变得情绪悲观、昏昏欲睡。”

“我见到凯瑟琳了，”她含混不清地咕哝，“我跟你说过吗？

我见到凯瑟琳了。”

我摇了摇头。

“我一直在试图联系她，有一段时间，她根本就不搭理我。可是，上周我从湾区地铁化身的怪物手中救出那个小女孩以后，凯瑟琳终于答应见我了。”

“莉齐，这真是太好了。”透过通风管道的缝隙，我看到萨斯皮拉正在把能量权杖装进赛博公司的时间振动激光器里。

“所以，昨晚我见到她了。我告诉她，‘凯瑟琳，我依然爱你。’本来我没打算要这样讲，我也没想过会这样讲，但是——”

她渐渐激动起来，我打了个手势，示意她压低声音。

她并没有照做：“我说，‘我知道，过去我很少陪伴你，不过当时的情况很复杂，现在我做了许多事情，已经不再是从前的那个姑娘了。’而她说，‘问题在于，你就是那个姑娘。莉齐，你丝毫没变。’”

时间振动激光器开启了，整栋大楼都在摇晃。

我说：“嘿，也许咱们可以稍后再聊，你觉得呢？我对这个故事非常感兴趣，很想继续听下去，但是你也看到了，激光器——”

“你知道最糟糕的是什么吗？”

权杖上的水晶开始一个接一个地发光。莉齐凑近我，呼吸中掺杂着梅洛葡萄酒的气味，她悄悄地说："最糟糕的是她说得对。"

"天哪，莉齐。我明白你很难过，但是现在我不能给你当知心姐姐，眼前还有更严重的问题需要解决。如果我们不关掉时间振动激光器，它就会毁灭地球。"

"哼，你是说凯瑟琳生活的地球吗？凯瑟琳的宝贵地球？"

我翻了个白眼："你真是越来越不对劲了。"

她耸了耸肩："你想让我怎么样？我又不是英雄，我只是莉齐。"

"好吧，没错，你是莉齐，而我认为你非常棒。起码我很喜欢莉齐，她是我心目中最完美的姑娘。但是，如果你不打起精神来，帮助我阻止疯狂女神萨斯皮拉发射水晶激光，那就说明凯瑟琳对你的看法是正确的。"

"什么？不！"

"难道你还没理解吗？如果因为你的无能导致人类在激烈的时间大屠杀中灭亡——那凯瑟琳就赢了！"

"放屁！"莉齐冲破通风管道，迅速地切断了权杖的能量源头，还用几个魔法六边形把萨斯皮拉钉在了墙上。

后来，我们回到地面上。当艾丽斯向媒体介绍事情的经过时，莉齐稍微清醒了一点儿，她不好意思地朝我耸了耸肩，仿佛同时在说“谢谢”“对不起”和“真的非常感谢”，我冲她摇了摇头，表示没关系。

马特从围观的人群中挤出来，抓住我的胳膊：“谢天谢地，幸好你平安无事。”他抱住我，开始亲吻我，就像电影中的场景一样。在镜头和公众面前跟马特接吻，我感觉有些难为情，但是马特认为，我们应该向大家展示，超级英雄也是有私生活的。他说，这样会显得我们更加人性化。

这场战斗结束以后，我们都兴高采烈。当我们回到传送站时，乔艾尔的丈夫正在等着我们。

“萨姆！”乔艾尔说，语气非常迟疑，就像在喊一个很久没叫过的名字。

萨姆摇了摇头：“不，别靠近我，绝对不行。你跟你的朋友们喝得酩酊大醉，回到家里就……”

乔艾尔看向我们几个：“伙计们，你们可以先回避一下吗？”

“谁都不要走，”萨姆说，“我再也不想跟你单独相处了，尤其是在你做了那件事之后。”

“我做了什么？萨姆——”

“你自己心里清楚，难道你忘了自己的另一个超能力吗？”

“我发誓，我不知道你在说什么。”

“你想让我说出来吗？别逼我说出来。”

“咱们能谈谈吗？”

“你想让我当着你所有朋友的面，把你做过的事情说出来吗？也许我应该说出来。也许我应该直接去找新闻媒体，告诉全世界。你想那样吗？你真的想让我说出来吗？”

乔艾尔艰难地吞咽了一下：“不，我——我知道，我知道自己做了什么。”

萨姆面色一沉，仿佛听到乔艾尔亲口承认，他才终于彻底相信。乔艾尔企图解释，但是萨姆打断了她：“我希望你远离我，你明白吗？你必须尽可能地远离我，不要联系我，也不要联系我的朋友。你明白吗？一切到此为止。”

他摘下结婚戒指，浑身都在颤抖。

“萨姆——”

“告诉我你明白了。”

“我……明白了。”

“那就没什么可说的了。”

接着，他便走了。一阵漫长的沉默过后，克莱说：“好尴尬哦。”我们几乎异口同声地呵斥：“克莱，闭嘴！”

我们看着乔艾尔跌跌撞撞地扑向小厨房，从水槽底下抓起一瓶半加仑[1]的杜松子酒，开始咕嘟咕嘟地往肚子里灌。

“乔艾尔，你这样恐怕——”

---

1. 半加仑（a handle）：这里指容量为 1.75 升的大酒瓶。

“艾丽斯，别说了，现在我不想听你发表那些该死的演讲。我只是需要……我需要离开一会儿，呼吸新鲜空气。”她摇摇晃晃地走到窗边。

“乔艾尔，我真的认为你不应该独自待着。”

“不，我只是需要新鲜空气，仅此而已。我需要新鲜空气。”

我们看着她跳出窗户，往下坠落，一秒钟后又直冲云霄。

艾丽斯从沙发垫子后面掏出自己的杜松子酒，但是莉齐说：“随她去吧，她就是想发泄一下，我相信她不会有事的。”

我说：“没错，她不会有事的。”

结果，她死了。

关于具体发生了什么，媒体的报道各不相同。她横扫了伯克利的每一家酒吧，在她去世以后，突然冒出上千名醉汉，声称自己是最后一个见到乔艾尔活着的人。有些人说，她非常沮丧，一直在胡言乱语。而其他人却说，她欣喜若狂，给店里的所有客人买酒，还把瓶子扔到空中，用她的火焰激光眼炸碎。不过，至少我们知道她的生命是如何结束的，法医证实了这一点：她笔直地飞向夜空，尽可能地往高处去，远离一切，然后，当空气变得太过稀薄而无法呼吸时，她便昏了过去，重力把她拽回来，狠狠地摔在了地球上。

也许你会以为，乔艾尔的死亡能让我们几个幡然醒悟。可是，即便在她的葬礼上，我们也没有停止喝酒，反而借助教堂长凳的靠背作掩护，互相传递装着烈酒的小瓶子。

于是，行为规范家长监督委员会之类的组织突然盯上了我们，因为我们一直在喝酒，没有给孩子树立良好的榜样。但是，我们从未想过要树立什么榜样，我们只是在努力维护社会治安。我的父母每周都给我打电话："你真的像新闻里说的一样，喝那么多酒吗？"而我总是得安慰他们："不，妈妈，你也知道，他们这是为了写报道而胡编乱造。"

与此同时，有许多新出现的超级英雄都得到了正面评价，包括A字超人、银弹小组和来自黏稠星球的嘘声队长，他们都非常年轻，而且拥有更加神奇的能力。人们似乎认为"渐入高潮"已经过时了。我和马特躺在床上，看着愚蠢的深夜节目（"难道你不觉得，现在他们应该改名叫'跌入低谷'吗？"），马特说："我们需要扭转局面，向媒体提供一些积极的素材。"

"比如？"

"要是咱们俩结婚呢？"

后来，我们在唐人街上方一英里的空中，对抗市长的邪恶机器人军团，我随口提起马特让我嫁给他的事情。大家都为我高兴，除了莉齐。

"不行，你不能嫁给马特，那太疯狂了。"

"世界上还有更奇怪的事情发生呢。"说着，我发挥神秘珠子赐予我的超能力，消灭飞到附近的杀手，扯出对方的金属心脏，“况且，当初还是你让我跟他约会的。”

“没错，但是你不能嫁给他。马特是一个好人，可他不是你要嫁的人。”

克莱说：“嘿，你们觉得这次市长是真的变坏了，还是我们又遇到了他的克隆人？”

然而莉齐并没有搭理他，她居高临下地站在魔法六边形上：“猪排，你并不爱他。我告诉你，这不是你想要的结果。”

“你到底是怎么回事？为什么你就不能为我高兴呢？”我问，我用胳膊夹住一个机器人的脑袋，抬腿踹到另一个机器人的脸上，“为什么你总是要替我规划一种所谓‘更好’的生活方式？”

艾丽斯说：“伙计们，咱们能集中精力吗？”

莉齐说：“猪排，我只是想——”

“我始终都不明白，你干吗要叫我猪排？那又不是我的名字，而且听起来一点儿也不可爱。”

莉齐停止向机器人发射魔法六边形，她看着我：“好吧，抱歉。”但她表达的意思显然不是“抱歉”，而是“我真不敢相信你竟然逼我说‘抱歉’”。

“不，”我说，“我才觉得抱歉。很遗憾你无法管好自己的生活，所以只能试图控制我的生活。”

“你搞什么鬼？我没有试图控制任何东西！你这笨蛋，我只是想成为一个好朋友，因为我非常重视你，我希望你过得幸福。”

我说：“噢，太棒了，谢谢你的友谊，你一直都是我最大的支持者。”

最后一个机器人怒吼：“准备迎接末日吧！”紧接着，艾丽斯就通过瞬间传送进入它体内，将其炸成碎片。

我们降落在街道上，向鼓掌的游客和华人店主挥手致意，莉齐低声对我说：“你知道吗？其实你嫁给马特是顺理成章的。你当然会嫁给他，因为那是马特想要的结果，而你这辈子从来没有为自己做过任何决定。”

“你说得太过分了。”

“你要继续在没有挑战的道路上走完一生吗？莫非这就是你的打算？天哪，你已经变得无聊透顶了。”

我发射出一道光子冲击波，把她撞到卖鱼的小摊上。

她爬起来，翻了个白眼：“噢，你可真是成熟。”

“不如你成熟。”我说。

“好！”她说，“你就跟你那该死的丈夫住在该死的郊区守着该死的白色栅栏享受该死的婚姻生活吧！”

她举起双臂，径直走开，我冲她大喊：“嘿！对不起，我想建立属于自己的生活，而不只是借着当超级英雄的机会，整天喝得烂醉，像俗气的贝斯手一样，到处勾搭乐队粉丝！”

她转过身来，向我发射了一个魔法六边形，而我也朝她发射了一道光子冲击波，我们就这样在唐人街上互相发射魔法六边形和光子冲击波。很快，我们便扭打到一起，用力掐住喉咙，把对方甩到市德顿街[1]上，撞坏路边的店铺和餐厅，穿过乱七八糟的廉价扇子、塑料凉鞋和中国溜溜球。我们彻底失去了理智，克莱和艾丽斯不得不动手把我们分开。

事后，我们坐着豪华轿车前往市政厅，准备接受又一轮表彰。我低声咕哝："听着，你别因为自己还爱着某个不爱你的姑娘就拿我出气。"

莉齐摇了摇头。"天哪，"她说，"你真的是一点儿也不了解我。"

接下来，我和莉齐很久都没有交谈。当然，在面对新闻媒体时，我们还是表现得非常客气，在营救总统的千金时，我们也会正常地商量计划。但是，我们不再像过去那样聊天了。

这种感觉简直糟透了。

有一天，我们都在传送站的小厨房里沉默不语。马特忽然拽着克莱的耳朵，把他拖了进来。

"告诉他们，"马特说，"告诉大家你干了什么。"

---

1. 市德顿街（Stockton）：旧金山唐人街的主要商业街。

克莱翻了个白眼。

“不会吧，伙计，”艾丽斯说，“你又闯祸了？”

“你也知道，有时候我会变得比较暴躁，对吧？首先，我得说一句，咱们做的事情——别人指望咱们做的事情——并不正常——”

“你到底说不说？要不我替你说？”

“别着急啊，马上就说到了。过去几年，我一直在适应这种思维模式，努力打起精神，吸收动能，完成所有人都想让我做的事情……结果我产生了一些……暴力倾向。”

“网上有一段视频，”马特说，“拍到克莱在杂货店里吸收了一个朗姆酒瓶，然后把玻璃拳头砸到一个家伙的脑袋上，就为了插队。”

“天哪！克莱！”

“怎么了？谁敢说他没有被腹语幽灵控制呢？咱们根本不知道，对吧？”

“你不能随便——”我刚一开口，就被马特打断了。

“那是百加得[1]的酒瓶。”

“所以……？”

---

1. 百加得（Bacardi）：一家生产烈酒的公司，创办于1862年，以白朗姆酒而闻名。

“克莱吸收了一个百加得的酒瓶，但是咱们和摩根船长[1]之间有独家代言协议，难道你们都没看过自己签的合同吗？”

克莱满不在乎地挥了挥手：“那不要紧。”

“非常要紧。百加得是他们最大的竞争对手，这段视频都已经在网上传遍了。你究竟是怎么想的？”

莉齐竖起一根食指：“呃，除了我们和摩根船长的协议之外，难道就没有人关心一下，克莱在杂货店里对那个家伙做了什么吗？”

“不只是摩根船长，”马特气急败坏地说，“你们还担任着许多品牌的形象大使，那是咱们的收入来源。假如这些品牌无法再信任你们——要知道，那可是你们存在的理由。”

通常，当谈话进行到这个阶段时，艾丽斯都会发表一些非常睿智的观点，让我们明白怎样做才是正确的选择。然而此刻，她慢慢走到放着乐器的角落里，拿起自己的吉他，拨动了琴弦。

她演奏的曲子是《绝不》。莉齐也抓起自己的贝斯，开始弹奏。然后，克莱绕到架子鼓后面，我坐到键盘跟前，“渐入高潮”终于又在一起表演了。如今，回想当年的舞台，只觉得恍若隔世。没有乔艾尔的歌声，一切都显得比较怪异，尤其是

1. 摩根船长（Captain Morgan）：英国酒水公司帝亚吉欧旗下的朗姆酒品牌。

艾丽斯和莉齐会突然喊出伴唱的部分——“噢，我愿意”以及“没错，是真的”。不过，大家都停止争吵，共同演奏一首曲子，还是能让人感受到不可思议的力量。

演奏结束以后，我们静静地站在原地。接着，艾丽斯言简意赅地说：“好了，我要走了。”

“什么意思？你要去哪儿？”

艾丽斯放下自己的吉他，双手叉腰，这个动作表示她正在准备传送。“世界上的邪恶无处不在，仅仅解决表面上的暴行，根本没法改善整个体系。”她宣布。喝醉时，她总是喜欢说一些非常正式的词语：“我认为咱们应该以更加有效的方式利用时间和资源，而不是没完没了地跟外星人搏斗。”

她的目光变得十分黯淡。

“但是，你要去哪儿呢？”

“不知道……”然后，在消失的瞬间，她又想起了什么，随口补充道，“也许我会去学校读研究生。”

克莱摇了摇头：“我早就料到艾丽斯会甩了我们。真他妈的见鬼！这一切都是该死的狗屎！”他吸收了大理石餐台的密度，在墙上撞出一个洞，径直穿过去，走向健身房。

马特立刻开始考虑降低损失的方法。“好吧，”他快速地制订计划，“只能举办一场新闻发布会了。如果克莱不肯道歉，我们就必须疏远他，保护整个团队。讲话的要点：第一，他的行为不代表……呃……‘渐入高潮’的其他成员，我们的理念是……”

我摘下提供超能力的项链，放在餐台上。

“我不干了。”我说，“我想，‘渐入高潮’也该解散了。”

马特摇了摇头：“不，亲爱的。你是一个超级英雄，这是你的职业。”

“这不值得。”我说。

“那我怎么办？”马特从他的公文包里掏出一份合同，指着画线的条款，“如果你不能‘持续在公共场合展现英雄精神’，那我们就违约了。你真的想这样吗？你希望我们刚结婚就负债累累吗？你和我，没有工作，艰难地度日，就像地球上的其他蠢货一样，难道那就是你想要的生活吗？”

“不，”我说，“那不是。”

我摘下订婚戒指，试着徒手碾碎它，但是我已经没有巨大的力量了。所以，我只是把它放在餐台上，紧挨着我的项链，然后便离开了。

“等等，”马特说，“你不能就这样走了。”

然而结果证明，我能做各种不可思议的事情。

莉齐跟着我迈出那栋建筑。

“嘿——”她说，我转过身去。

“你说得对。你想听的是这句话吗？没错，我不该跟马特订婚。你说得对，你一直都是对的。这下你满意了？”

莉齐摇了摇头：“难道你现在还不明白吗？其实我从来都不知道自己在说什么。”

我笑了：“如果你三年前就告诉我，可以给咱们俩节省不少时间。”

“你还好吗？”她问。

“嗯，”我说，“反正最难熬的阶段已经过去了，对吧？”

她说：“是啊，最难熬的阶段已经过去了。”

然而，接下来的六个月依然非常难熬，我们需要解决许多起诉、反诉和违约问题。我觉得在那六个月里，我把大部分时间都用来录口供了。

我失去了旧金山的公寓，搬回塔尔萨[1]的父母家小住，直到再次振作起来。远离复杂的纷争，陪伴家人，停止酗酒，这种感觉真的很好。我在爸爸的公司做临时工，在儿童剧场当志愿者，为各种版本的《红男绿女》和《失魂记》[2]担任钢琴伴奏。

正如莉齐所说的，“时间就像一个笨蛋，正在连滚带爬地前进”。

---

1. 塔尔萨（Tulsa）：美国俄克拉何马州东北部城市。
2.《红男绿女》（*Guys and Dolls*）：音乐剧，最早于 1950 年在百老汇上演。《失魂记》（*Damn Yankees*）：音乐剧，最早于 1955 年在百老汇上演。

我会想念旧金山的某些方面，想念布加洛斯[1]的煎饼和天涯海角[2]的郊游，想念用光子冲击波把自己推到城市上空去看日落。有时候我觉得，如果我能抵达很高的地方，太阳就永远都不会沉到地平线以下。当然，这种情况从未发生。

不过，我最想念的还是莉齐。我想念小餐馆里傻乎乎的闲聊，想念她在我身边的日子。我不仅喜欢她，也喜欢那时的自己。

其实几周前，莉齐来看过我。她正在进行全国自驾游，开着姑妈的汽车前往北卡罗来纳州，途中经过塔尔萨，我们去“蠢事”[3]喝了一杯咖啡。我很高兴见到莉齐，跟她在一起，过去的点点滴滴涌上心头，产生了某种奇怪的作用，让我同时体会到青春与苍老的感觉。恍惚间，我想起不久之前，世界上最重要的事情似乎还是阻止痛苦博士释放强权腰带的宇宙力量。我们曾经认为，只要能打败他，也许一切都会好起来。当初的我们真是太年轻了，对吧？

喝完咖啡以后，再过两三个小时，莉齐才去参加戒酒互助会，于是我便带她回到了我父母家。

“你是从什么时候开始弹这个的？”她问道，朝我房间里的吉他点头示意。

---

1. 布加洛斯（Boogaloos）：位于旧金山传教区的一家餐厅。
2. 天涯海角（Lands End）：指旧金山的一个公园，位于金门海峡的岸边。
3. 蠢事（Foolish Things）：位于塔尔萨的一家咖啡馆。

我拿起吉他："你看，你觉得自己知道我的一切，实际上，你还有许多不知道的东西。"

莉齐坐在我的床上，微微一笑："你当然会保密了，有人说你弹得好吗？"

我翻了个白眼："差不多所有人吧。"

"来，给我弹一曲。"

我开始调弦："你想听什么？"

"要不你弹一首自己写的歌？"

"不行，我不愿意。"

"喂，你怎么从来没有为乐队写过歌？你是不是故意瞒着我们？"

我集中精力调弦："我不需要写歌，反正其他人都会写。"

"没错，"她说，"我写歌，乔艾尔也写歌……但是，你怎么从来没有贡献过任何歌曲呢？"

"不知道，没有就是没有。"

"我敢打赌，你肯定写过一些好歌，只是没有告诉我们。"

"不……"

莉齐靠着床头板，闭上眼睛："给我弹一首你写的歌吧，劳伦……"

我记得有一次，我问艾丽斯是否害怕死亡。当时，我们被困在 K 维度的人猪陷阱里，看起来可能回不去了。艾丽斯说，是否害怕都无关紧要，关键在于死亡非常恐怖，并且无法阻挡，它随时都会出现。当我们面对死亡时，我们可以胆怯，也可以勇敢。不管怎样，我们都要死，所以……

我心想：哇，这种观点真是太黑暗了。

然而此刻，我抱着吉他，坐在童年的卧室里。“渐入高潮”已经彻底解散了，只剩下我和莉齐，还有塔尔萨的夏日午后。莉齐躺在我的床上，我从未见过她显得如此宁静而美丽，她让我弹一首自己写的歌。

我忽然想到，如果你愿意，你也能以同样的方式谈论生活。生活非常恐怖，并且无法阻挡，它随时都会出现。当你面对生活时，你可以胆怯，也可以勇敢。不管怎样，你都要活下去。

所以，不如选择勇敢。

离开　这座　城市

离开这座城市，希望悲伤不会找到你，不会像流浪狗一样跟着你，跨越整个国家。希望悲伤不是如影相随的迷雾，始终笼罩着你。希望悲伤追不上你的脚步，希望悲伤更加根深蒂固。也许悲伤有朋友，有家人，无法拎包就走。你瞧，在圣何塞[1]或教堂山[2]或任何你即将告别的地方，悲伤拥有许多东西。假如没有这些东西，悲伤要怎么活下去？他们说："我把帽子挂在哪里，哪里就是我的家。"[3]希望悲伤不会把帽子挂在你身上，希望你不是悲伤的家，无论你去向何方，走得多远，速度多快——悲伤都会住在你的体内。希望不是那样。

离开这座城市，踏上一段未知的冒险。创造崭新的生活，添置全套的家具，购买秋天的大衣。努力把日子过得充实起

1. 圣何塞（San Jose）：美国加利福尼亚州旧金山湾区城市，位于美国东部。
2. 教堂山（Chapel Hill）：美国北卡罗来纳州城镇，位于美国西部。
3. 出自美国同名流行歌曲《我把帽子挂在哪里，哪里就是我的家》。

来。参加课程，学习乐器，走进当地的图书馆，找到你向往已久的勃朗特三姐妹，翻阅她们的作品，想方设法加快时间的流逝，积累岁月的长度，让离开的那一天变得越来越遥远。

离开这座城市，看着路面上的黄色短线从身边掠过，看着熟悉的建筑和街道退向远方，封着胶带的纸箱挡住了后视镜。找一片肥沃的土地安顿下来，种一株崭新的你，看着你绽放出美丽的花朵。现在，你几乎记不清从前的你了，那个住在别处、整日都非常悲伤的你。从前的你不是你，现在的你才是你。这是你想成为的自己。

你交到了朋友，开始规律地生活，有一家常去的咖啡厅，每当你进门时，服务员都会微笑着说："还是老样子？"有一天晚上，你在酒吧里遇到一个人。起初，你们的交往就像业余爱好，后来逐渐发展成一种习惯。那个人能跟你互补，就连缺点也散发出耀眼的光芒；那个人不仅知道你偶尔表现出来的模样，还了解真实的你；那个人趁你没注意的时候，把一颗赤裸而受伤的心脏放进你的口袋里，上面打着蝴蝶结，还附着一张纸条："请小心呵护。"

有一天夜里，你突然从这个人的床上惊醒，发现自己躺在这个人的怀中。你又一次挣脱出来，又一次穿好衣服，准备离开这个人的公寓。可是，当你走到门口时，把手上粘着一张便利贴："如果这一次你留下呢？"

于是，你转过身去，回到那个人的床上，钻进那个人的臂弯里，在那儿待了一年半。你学会了非常温柔地对待那颗赤裸而受伤的心脏。

然后，悲伤便循着你的踪迹追上来了。有一天，你买完菜回到家中，发现悲伤正坐在餐桌旁，吃着玛芬蛋糕，悠闲地看报纸，仿佛它从未消失过，仿佛眼前的情况无比自然。悲伤抬起头来，望着你说："老朋友，你是怎么想的？你以为会发生什么？"悲伤露出幸灾乐祸的笑容，坚定的语气中透着嘲讽，让你瞬间陷入崩溃，"你和我，咱们俩才是真爱。"悲伤向你重申，某些较小的悲伤确实会减轻，但是最大的悲伤早已看穿了你的一切，它始终都没有真正地离开你。事到如今，你为什么还想在变幻无常的世界里寻求稳定呢？此时此刻，你可以放下手中的食材，走到外面，关上身后的房门。

你可以坐进自己的车里，开上整整一夜，在途中给那个人打电话："对不起。"

你可以不停地前进，直到抵达另一边的海岸，撞上一块摇摇欲坠的招聘广告牌。你可以找一份新工作，把自己的所有物品都用船运过去，或者扔进垃圾桶，或者丢入河流中，或者烧成灰烬，或者捐给慈善机构。

沿着海边散步，呼吸清爽的空气。

离开这座城市，去另一个地方重新开始。

你想知道什么是话剧吗？

以下便是我对话剧的印象：

首先，你得把舞台想象成一个旅馆房间，就是那种普通的旅馆房间，看起来平淡无奇，整体而言条件还行。观众们正在陆续进场，对号入座。这个不起眼的小剧院位于曼哈顿下城，几乎比温内贝戈[1]的房车大不了多少，座位极其简陋，感觉就像在僵硬的金属板上粘了一层单薄的布料。剧院的主要功能，或者说唯一功能，就是给人们提供久坐的地方，所以你会觉得，他们至少应该花钱买一些舒服的椅子。忠告：如果他们连这一点也做不到——实际上大多数时候他们都做不到——那么你需要做好心理准备，因为我向你保证，你即将度过一个痛苦的夜晚。

1. 温内贝戈（Winnebago）：美国房车制造商，创办于1958年。

总之，人们沿着过道前进，努力寻找自己的座位。这个任务非常艰难，尽管剧院里只有三排座位，却采用了A排、JJ排、2.5A排之类的复杂标记，每个人都困惑地盯着手中的票券："我应该坐在12排。真见鬼，12排到底在哪儿？"无论如何，他们沿着过道继续往下走，地毯上有一块奇怪的凸起，大家必须格外小心，以免被绊倒。他们坐下来，望向舞台，看到一张床、一把椅子和一台小冰箱，他们说："好吧，看来这个故事发生在旅馆房间里。"

世界上大约有一半的话剧都把场景设定在旅馆房间里，所以这没什么稀奇的，其中又有一半讲述了出差的男人向妓女诉苦，结果证明那位妓女其实非常可爱。

这部话剧并不属于那一类，但是刚开始很容易引起误会。当观众们走进剧院，瞧见旅馆房间时，不禁吓了一跳，他们赶紧查看节目单："噢，糟糕！这不会又是那种话剧吧？主角是悲伤的男人和敏感的妓女，男人只想聊天，甚至都不想上床？接下来，他们还是得上床，而且妓女不要钱，因为他们之间产生了爱情？当然，妓女肯定要面朝观众，故意摘掉胸罩？天哪，这不会又是那种话剧吧？"

于是，所有人都盯着节目单，试图搞清楚这究竟是不是那种关于妓女的话剧。他们浏览着艺术总监的寄语和主演人员的简介："哇，你看到了吗？这个女演员曾经在《法律与秩序》[1]里扮演过一具尸体！”节目单的背面写着剧院多么需要你捐款，仿佛剧院的存在至关重要，仿佛你进门之前没有花钱买票。仿佛他们给你表演话剧是在做慈善，仿佛编剧的父母没有花费数千美元送他去高级的文理学院，让他学习如何写出优秀的剧本。

仿佛他的大姐没有开车从锡拉丘兹[2]赶来，把孩子们托付给混蛋的前夫，趁她不在的时候，前夫肯定会对他们说一些可怕的蠢话，或者带他们去巷子里看小猫的尸体，给他们播放以前的格斗录像。回家以后，她就会接到学校打来的电话，因为她的孩子总是攻击别人的裆部，甚至使出打桩摔[3]。

好了，我们还是继续讨论话剧吧。场内灯光变暗，衣着精致的剧院服务员来到观众面前发表声明，主要内容是：“喂，各位笨蛋！关掉手机！你们在看戏呢！”也许还会提到，今后这家剧院将有更多的话剧上演，如果你喜欢话剧，可以再买几张票。话剧，话剧，又是话剧！你就不能消停一会儿，别向我推销话剧了吗？倘若我想看，我自然知道该怎么做，况且我根

1.《法律与秩序》（*Law& Order*）：美国电视剧，1990 年 9 月开播，至 2010 年 5 月完结，共 20 季 456 集。

2. 锡拉丘兹（Syracuse）：又名雪城，纽约州城市，距离纽约市将近 400 公里。

3. 打桩摔（pile-driving）：职业摔角比赛常见招式，指将对手举起，然后让其颈部或头部着地。

本不住在这里，我只是想当一个好姐姐，照顾一下我那个担任编剧的傻弟弟——顺便说一句，他甚至都没法让我免费进场。这也体现了话剧的另一个特点，那就是你必须自己花钱买票，其他事情都不重要，大概这样才能算支持吧。否则，如果你不买票，那谁会买呢？爸爸妈妈？怎么可能？衣着精致的剧院服务员从过道退场（在地毯的奇怪凸起上绊了一下），你环顾四周，发现观众席还空着一半。你忍不住暗暗思忖，一部话剧的成功是否只能依靠朋友和家人的“支持”呢？

接下来，话剧便开始了，两位女士一前一后地冲进旅馆房间。她们应该是姐妹，如果话剧的主角不是妓女，那么十有八九便是姐妹。不过，当然了，因为这是话剧，所以姐妹俩长得一点儿也不像。其中一个看起来有五十岁了，而另一个似乎才二十岁。显然，当你雇人来演戏时，很难找到两个年龄相仿的女人。

年长的女士径直走向小冰箱，掏出一瓶白葡萄酒，不过在话剧中，白葡萄酒都会用水来代替，前提是瓶子里有东西的话，实际上——剧透警告——瓶子里很可能什么都没有。年轻的女士踢掉鞋子，一屁股坐在床上，她们开始飞快地交谈，用夸张的语速提醒观众，她们是舞台上的角色。尽管写剧本的家伙认为这样很自然，但是在现实生活中，只有第一次吸食可卡因的人才会如此讲话。

“好吧，好吧，但是咱们——好吧，但是咱们能谈谈吗？”床上的姑娘说。

“先喝酒，后聊天。”

“拜托，弗吉尼娅，咱们能谈谈吗？弗吉尼娅？”

在话剧中，人们总是要叫出对方的名字，仿佛话剧的头等大事就是把名字塞进台词里。

“玛姬，你以为我不想谈吗？我非常清楚咱们需要谈谈。”

“她很漂亮。”

“我还没开始喝酒吧？”

“但是她很漂亮，你必须承认这一点。”

“她当然很漂亮，玛姬。咱们说的可是丹尼斯，你觉得他会找一只从装满靴子的卡车上掉下来的老负鼠谈恋爱吗？”

观众们爆发出一阵大笑，你可能要问：为什么？我来告诉你为什么。因为在舞台上，喜剧的标准非常低。如果你听到有人在电影里这样说，你肯定会感到莫名其妙：“笑点在哪儿？”然而这是一部话剧，他们已经尽力了，我们也得宽容一些，对其中的部分台词报以笑声。

大家并不知道姐妹俩的年龄应该是多少，但是如果让你猜一下，你会说她们大概都是二十来岁，因为显然姐姐是你，而妹妹是香农。那个年轻的角色不能超过二十六岁，否则就会很奇怪，毕竟香农去世前才二十六岁。

当你意识到这对姐妹是你和香农时，你觉得心脏的底部好像裂开了，里面装的一切都涌入下半身。起初你以为，也许那两个角色只是借鉴了你和香农的某些方面，但是你越看越发现，不，姐姐就是你，尖酸刻薄，冷酷无情；妹妹就是香农，自从六年前，真正的香农因用药过量而死亡以后，就再也没有人这么像香农了。

姐妹俩讨论的“丹尼斯”是你的弟弟达斯迪，也就是刚才提到的编剧，而“漂亮姑娘”则是他的未婚妻蒂妮。这部话剧取材于你们前往尼日利亚为父母庆祝结婚纪念日的经历，达斯迪事先并未向你透露过具体内容。平心而论，他确实给你发送了一个网站的链接，但是你没有点开，所以也许那得怪你自己。

言归正传。“丹尼斯”很快便带着他的女朋友“特蕾西”登场了，剩下的故事都发生在这个旅馆房间里，因为上帝禁止剧院利用“骄傲的赞助商”（即其中一个演员的爸爸工作的房地产公司）提供的资金来搭建第二个场景。

以你为原型的角色嗓门很大、消极悲观，以香农为原型的角色单纯可爱、充满活力。以达斯迪为原型的角色十分笨拙、容易激动，比现实中的达斯迪还要严重，不过舞台上的角色很可爱，而达斯迪并非如此。举例来说，如果有人想求婚，在女朋友面前紧张得说不出话来，那是很可爱的。如果有人写了一部关于家人的话剧，但是没告诉家人，那一点儿也不可爱。而且，他还让自己的姐姐开了五个小时的车，专程来到纽约市，在旅馆订好房间（她绝不会再睡在他那张脏兮兮的沙发上了），买票看他的话剧，结果等待她的竟然是这样的“惊喜”。对了，再补充一句，以你为原型的角色是个酒鬼，以香农为原型的角色用药上瘾，因为你发现她一直在不停地吃药，仿佛这种情况很明显，仿佛任何有理智的人都能看得出来，都会说些什么——然而当初这种情况并不明显，毫无疑问，否则你肯定会说些什么，肯定会做些什么。你肯定会的。

你看着台上的演员模仿你们全家，以古怪的方式再现那次尼日利亚之旅，听着周围的观众被无聊的“玩笑”逗得乐不可支，其中还掺杂着轻蔑的低声点评，你渐渐感到自己似乎变得赤身裸体，没有任何隐私。你觉得自己就像一个挤满陌生人的唱片店，他们从容地穿过你的过道，随意地翻看你的库存。现在，你的博物馆对外开放，你的每个部分都挂在墙上，摆在桌上，被耀眼的灯光照亮，被尴尬的字词描述，犹如一场梦。你明白我说的是什么梦吗？没错，就是那种梦。

在看话剧的过程中，有时难免会产生这样的感觉。

那一幕结束以后，灯光亮起，中场休息，在下一幕开始之前，你可以短暂地喘口气。你的弟弟找到你说：“目前为止，你觉得怎么样？”

你说："我还在消化。"你可以用这种方式来评价话剧，意思是"我不喜欢"。

达斯迪说："是啊，确实有很多需要消化的内容。"

你说："我得去上厕所。"

你来到大厅，发现女厕所的队伍大概有一千英里长，这怎么可能呢？到场的观众分明寥寥无几。当然，男厕所非常空闲，你觉得剧院早就应该发现这个问题了，毕竟类似的情况总是出现。你决定干脆使用男厕所，如果有人为难你，你可以直接告诉对方，编剧是你的弟弟。如果有人为难你，你可以说："你知道剧中的酒鬼姐姐吧？那就是我。"

没有人为难你。

上完厕所以后，你打算买一杯葡萄酒和少许花生巧克力豆，但是吧台的队伍也很长。有一瞬间，你想冲到最前面，大闹一场——他们还能怎么办？难道要把你赶出去吗？然而，你不愿意让达斯迪难堪（尽管他显然会毫无顾忌地让你难堪），于是你走到外面，给你的人渣前夫打了个电话。

"孩子们怎么样？"你说。

"他们很好——科迪，放下那个火焰喷灯！"

倘若你还可以翻白眼，你肯定会立马翻一个，可惜在五年的婚姻生活之后，你的眼球已经彻底翻不动了。

"你非常幽默，不过我希望把他们安然无恙地接回来，一根手指都不能少。”

“当然，当然。如果你走运的话，我甚至会多给你几根手指，因为我喜欢你。”

“你没有让他们喝汽水吧？”

面对喜爱，你的本能反应总是责备，毫无疑问。毕竟，这就是你的性格，“弗吉尼娅”肯定也会这么做，不是吗？

你感觉到前夫在电话的另一头变得紧张起来，他停顿片刻，用沉默暗示：“别再教育我了。”然后他说：“话剧怎么样？”

面对责备，他的本能反应总是转移话题。

“这部戏讲的是我们，”你说，“从头到尾都跟我们有关。”

“什么？我们？你和我？”

“不，不是你，白痴。是我和达斯迪，还有香农。”

“见鬼，真的吗？讲了关于你们的什么？”

“不好说，大概讲了我们是怎样的一群混蛋吧？”

“天哪，”你的人渣前夫说，“可恶的达斯迪，他净干这种事情。”

“嗯。”

“你事先知道吗？”

“废话，我肯定不知道——你在逗我吗？如果我知道，你以为我还会来吗？”

“你要明白，他一向如此。他会把大家推开，当别人疏远他的时候，他又会感到惊讶，就像你父母不愿意——”

“现在只是中场休息，我得赶在开始前回去。”

“不，达科塔，你应该回旅馆，或者去酒吧之类的地方。你不需要让自己忍受这些。”

可是，你当然需要。

在回去的路上，你拿了一杯葡萄酒。剧院没有相关执照，不能合法地向你售酒，但是他们“建议捐款”七美元。你稍加考虑，最终决定分文不给。你都买票来看戏了，难道还不够吗？

第二幕开始了，姐妹俩再次冲进房间，以香农为原型的角色再次踢掉鞋子，有一只鞋子飞了出去，砸向旅馆房间的假墙，整个场景都跟着微微摇晃。观众们哈哈大笑，而你感到怒不可遏。你想象着你的弟弟在排练中指导这位女演员，教她模仿香农的做法，一进屋就踢掉鞋子。那并非什么了不起的家族秘密，但是不知为何，你觉得在舞台上重现这个动作是对它的贬低。下一次，当你回忆香农踢掉鞋子的模样时，你想起的究竟是香农，还是这位女演员？

话剧的后半部分比前半部分还要古怪许多，其中有一段可能是梦境，不过很难确定。在某一刻，灯光突然变成了红色，演员们集体转向观众，用诡异的单音调齐声讲话。这种情况在话剧里时有发生，如果导演担心观众走神，他就会安排演员直勾勾地盯着大家，让他们感到难为情，从而不得不专注起来。

表演的过程中还用到了频闪灯和烟雾机。后来，桌上的杯子被碰掉了，滚下舞台，有一名演员追着它跑进了观众席，这种情况在话剧里也很正常。

最后，场内灯光全灭，你的弟弟立即开始鼓掌，甚至都没有给别人喘息的机会，仿佛他害怕如果他不带头鼓掌，大家就不会鼓掌了。也许没有人知道表演结束了，也许你会呆呆地坐在黑暗中，心想：怎么了？话剧还会继续吗？这是情节的一部分吗？

你倒是不介意在黑暗中安静地坐一会儿，分析你刚刚看到的东西，考虑接下来要说些什么，判断你是否愿意在弟弟面前哭泣。如果最后留出一点时间，让观众整理思绪，可能大多数话剧都会变得更好，但是它们不肯等待，而这部话剧也是如此。

灯光重新亮起，演员鞠躬谢幕，最奇怪的是你还为他们鼓掌了。看完这场展现你人生的大型滑稽木偶戏，你发现自己竟然在鼓掌，仿佛你真的认为演出非常精彩。在此后的数月中，你会经常想起这个夜晚，一遍又一遍地质问自己：你为什么要鼓掌？

散场以后，你的弟弟想让你跟他和演职人员一起去吃晚饭。显然，在纽约，“晚饭”是指十一点钟吃的饭。我猜，如果你是一名艺术家，你就可以充分发挥创造力，自行定义某些概念，尤其是你早晨还不必上班，又没有家人需要照顾，即使半夜跑到小餐馆里点华夫饼，也不会产生丝毫羞愧之情。

无论如何，剧团的全体成员见到达斯迪的姐姐都很激动。

“所以，你就是真正的弗吉尼娅。”扮演弗吉尼娅的女演员说。

“实际上，我是达科塔，”你说，“我相信弗吉尼娅的原型是我们的另一个妹妹马萨诸塞[1]。”

“噢，她就是那个去世的姑娘吗？”女演员说。

达斯迪说：“她在开玩笑。我们没有叫马萨诸塞的妹妹。”

接下来，大家便不太搭理你了，因为他们是演员，而演员认为他们应该轮流发言，叙述自己遇到的趣事，每人都要讲上半个小时，那才是愉快的交谈。说实话，这种做法太残忍了——你已经花费了两个半小时观看他们的演出，现在他们又把你带进了另一场演出。

终于，他们厌倦了自己谈论自己，准备好听你谈论他们了，其中一个人对你说：“达科塔，你认为这部话剧怎么样？”

你喝完啤酒，开口回答：“我觉得结尾不真实，他们都当面向妹妹指出了用药的问题。那让我感到不真实。”

大家变得非常尴尬。扮演特蕾西的女演员笑了起来，她以

1. 马萨诸塞（Massachusettes）：美国州名，此处调侃前面提到的弗吉尼娅（Virginia）和达科塔（Dakota），后二者的英文拼写与弗吉尼亚州和达科他州完全相同。

为你在开玩笑，紧接着，她发现其他人都没笑，她说：“不好意思，失陪一下。”她从桌边站起身来，在此后的人生中，你再也没有见过她。

你的弟弟摇了摇头：“拜托，达科塔，这是一部话剧。”

“我只是说它显得不真实。”

然后，导演说：“我理解你的感受，达科塔。不过你要明白，有时候在虚构作品中，事物的发展是反现实的——也就是跟现实生活中的情况不同，正是二者之间的差异让虚构作品充满活力。”

你说：“哇，真的吗？原来虚构作品是这样的？我他妈的都不知道，虚构作品居然是反现实的。感谢你给我解释什么是虚构作品。”

你的弟弟说：“达科塔，你冷静点儿。”

“怎么？我让你难堪了？”

“没错，确实如此。”

“等等，咱们先搞清楚，这也叫难堪？那部话剧里的一切——所有公之于众的隐私——那是什么？虚构作品？现在你反倒觉得难堪了。”

剧团的成员纷纷移开视线，显得很不自在，因为此刻他们不再是焦点了。达斯迪说：“我们可以去外面谈谈吗？”

于是，你们走到外面。你点燃了一支香烟，而饭店的服务员说："不好意思，女士，露天就餐区周围十五英尺禁止吸烟。"这绝对是今晚最糟糕的部分。

"你怎么了？"达斯迪说。

你摇了摇头，如果他到现在都不明白，那也太见鬼了！

"听着，"他说，"我知道坚持看完很不容易，但是你以为我会好受吗？我把过去的一年半都用来创作这个剧本了。"

你嗤之以鼻。哎呀，那可真是了不起，对吧？

一辆公交车从旁边驶过，侧面有一部话剧的广告，这是一部真正的话剧，即将在百老汇上演。你不禁暗暗思忖，是否每一部话剧——每一部叙述性的"虚构作品"——都仅仅是作者胡说八道的借口。

"是谁给你的权力？"你问，"是谁允许你把那些事情写进剧本里的？"

达斯迪盯着自己的双脚："身为艺术家，一切都是创作的素材。"

"我不是你的'素材'，香农也不是你的'素材'。你必须改编自己的狗屁生活。"

"我确实在改编自己的生活，这部话剧就是我努力的结果。"

你无法直视他，否则便会开始哭泣。或许你应该就此打住，然而你忍不住说："是吗？所以你才提到我是一名不合格的母亲、一个讨人厌的酒鬼？这都是你需要在剧本里涉及的内容吗？”

“我什么时候说过你是一名不合格的母亲？”

“你认为我是一名不合格的母亲，因为有一次我不小心失手，害得泰勒头朝下摔在了地上。”现在，你真的哭了——请忽略我前面说的话，这才是今晚最糟糕的部分。

“你到底在说什么？”

“你把我没抱住泰勒的事情写进了剧本里，变成一个天大的笑话，所有观众都乐得前仰后合。我坐在那儿想，这些人都认为我是一名不合格的母亲。”

“你曾经让泰勒头朝下摔到过地上吗？那只是我瞎编的，与你无关。”

“可是，这一切都跟我密切相关。还有香农。还有你，还有爸爸妈妈。整部戏都在说我们是坏人，因为我们没有救她。”

你看得出来，达斯迪想说些什么，但是他犹豫了一下，经过片刻的沉默，他还是控制不住自己，脱口而出：“我们确实没有救她，不是吗？”

噢，先前我忘记说了，话剧还有另一个愚蠢的特点：有时候，舞台上会响起电话铃声的音效，并且持续很久，即使演员接起电话，音效也不会消失。当这种情况发生时，感觉非常滑稽。

言归正传，刚才我讲到哪儿了？

对，在饭店外面。好的。

好的。

“达斯迪，”你说，“当初我们并不知道，我们无能为力。”

这下轮到他发火了：“真的吗？你不知道？我们去尼日利亚旅行的那个周末，她总是往洗手间跑，你不知道？她经常在餐桌边打瞌睡，还会咯咯地笑上半个小时，伸手抚摸所有人的脸庞——难道这一切从未让你产生怀疑吗？”

“我以为她只是在犯傻——她只是展现了真实的自己。”

“没错，她就是展现了真实的自己，她已经对药物上瘾了。”

“你的意思是，如果我没有酗酒，我就会发现异常。你认为香农之所以用药过量，是因为我——”

“我只是说这很明显。整整一个周末，蒂妮一直在讲，‘你妹妹怎么了？’”

“好吧，对不起，我太迟钝了，无法像蒂妮那样敏锐地观察别人的行为举止。既然你觉得很明显，那你当初为何什么都没说？”

“我不知道，”他说，在讲出下一句话时，他有些窒息，仿佛喉咙被钩子挂住了，“我永远也不会知道了。”

你感到非常难受，紧接着，你又觉得很生气。在上演了这出闹剧以后，他才是应该反省的那个人，然而他让你如此难受。于是你说：“香农不是你拉拢观众的故事，我也不是。”

他说："很抱歉给你留下了这种印象。"

你点了点头。实际上，你早该料到，你在达斯迪那儿只能得到这样的结果，我不知道你为何还会抱有其他希望。

"我要回旅馆了，"你说，"我应该为晚饭付多少钱？"

他说："算了。"

你说："不，让我买单吧。"

他说："没关系，别操心了。"

不错，你又少了一件需要操心的事情。

你迈开脚步，达斯迪高喊："我想，爸妈没来是一件好事，对吧？他们肯定会讨厌这部话剧的。"

你转过身去："我不知道。我甚至都不清楚他们最近在做什么。"

如果说今晚的痛苦中还有一丝慰藉，那就是至少这部话剧没有描述香农去世以后的事情，没有提及你的父母深居简出，努力压抑内心的悲恸——当你联系他们时，你的母亲说："抱歉，达科塔。对于我们而言，现在跟你交谈……还太难了。"听到她这么讲，你的悲伤瞬间变成了三倍。你恐怕无法忍受那样的话剧。

"我给他们发了一封邮件，但是……我也不知道自己为何觉得他们会来。"

你注视着他。剧中的你会拥抱他。剧中的你会告诉他：

“达斯迪，我向你保证，不管他们俩过得怎么样，那都不是你的错。”

然而真实的你只是看着他，略带同情地耸了耸肩膀，试图用这个微小的动作传递出所有需要表达的东西。

他说：“谢谢你来捧场。”

你独自回到旅馆房间，径直走向小冰箱，掏出一瓶你提前买好的葡萄酒。

房间里摆着两张床，因为你订不到只有一张床的房间了，你希望香农能在你身边。实际上，你希望香农可以陪着你去剧院，经历这一切。你很想听听她对那部话剧的看法，所以就算只是为了这一点，你也希望她能在你身边。

你知道那部戏不会给她带来严重的困扰，她不会像你一样，这也让你很恼火，为什么你总是那个容易受到困扰的人呢？跟达斯迪吃过晚饭，你们姐妹俩会一起去喝酒，喝完酒以后，你们便回到旅馆，走进同住的房间，香农会踢掉她的鞋子。

“我喜欢那部话剧。”她说。当然，你肯定会为此而生气。

至少，如果香农发现扮演她的姑娘曾参演过《法律与秩序》，她会高兴地说：“真棒。”然后得意扬扬地看着你，仿佛这是她取得的一个重大成就。当时，你肯定会感到很心烦，可是将来回头再看，你又会觉得非常有趣。在接下来的几个月里，你会经常想起这一刻——香农说：“真棒。”她笔直地坐在自己的椅子上，就像了不起的威尔士公爵夫人——那副模样每次都会让你露出微笑。

所以，就算只是为了这一点，你也希望她能在你身边。

诗

每年今日，表达爱恋的行为
都会让我觉得很矛盾，
因为贺卡公司要通过贩卖感情
获得大把利润。
情感的商品化支撑着浪漫产业的
崛起与生存，
最终只能消除所有个性，
加重难以穿透的乌云。

千篇一律而缺乏特点，
这样的做法固然令我沮丧，
你和我更有着相同的幻灭之感，
失去了深埋已久的希望。

我跟你一样担心，

爱情会把我们变成渴望热泪的冰冷眼眶。

如果每个开始都注定会结束，那意义何在？

我们十分迷惘。

遇到看似精心表达爱意的行为，

你自然要保持警惕，

毕竟所有的甜言蜜语，

到头来都会通往令人心碎的目的地。

我无法保证有朝一日，

这封信不会令我们悲伤哭泣。

无论如何，你已经融化了我。

情人节快乐，温迪。

温迪看着她收到的卡片，

冰冷的沉默让人心虚。

费尔南多开始怀疑，

可能自己用错了某些词语。

他本想借此向温迪保证，

他理解她的所有顾虑，

同时还要表明，

他并不担心她早已预言的结局。

温迪曾说："喂，不要爱上我。"
费尔南多坚称："我才没有爱上你！"
他原以为自己把情感藏得很好，
但是似乎没有他设想得那么隐蔽。
"你已经融化了我"也许有些夸张——
对，现在看来问题就出在这里。
一句直率而真诚的告白，
瞬间破坏了整首诗的洒脱与疏离。

多年以来，他一直在寻找机会，
沿着这条道路缓缓前行，
如今，他把自己的心写在卡片上交给她，
尽管她并不相信爱情。
"你很聪明。"说着，她折起纸条，
"我发现了，你确实很聪明。"
他高兴地露出微笑，
又一次忘了自己应该表现得更加冷静。

当初，温迪打电话告诉他，
她取消了自己和沃伦的婚礼，
她仿佛在暗示他，机会终于来了，

至少这是他听出来的含义。
然后，温迪从威廉斯堡跑到皇后区，
走进了费尔南多的家里，
爬到他的床上，关闭她的手机。
我想咱们都明白其中的奥秘。

她在这儿待了两个星期，
可是从未提及自己打算住多久。
他倒是并不介意，给她拥抱，还有两只杯子：
一只装烟灰，一只装烈酒。
他习惯了每天为她做早饭，
成了她身边最重要的男性朋友，
她在电话里对妈妈哭喊：“不，我觉得自己不行！”
他便紧紧握住她的手。

现在非常混乱，过往一片狼藉，
而未来清晰明了——
只是再过两天就不好说了，
因为情人节即将来到。
他知道自己必须小心，
不能太感性、太浪漫，或者太老套，

不知为何，他总觉得要做点儿什么，
于是就写了那张纸条。

他试图让语气略带嘲讽——只有一点点，
而又不会上升到挖苦的层面。
他主要是想让这位依然脆弱的房客知道，
她真的很棒，绝无虚言。
尽管温迪的心已经碎了，
但是费尔南多可以帮她修补一遍。
“我还以为咱们早就约好了，”温迪说，
“难道我没告诉过你不要送卡片？”

费尔南多想向她解释，这是一张“反卡片”，
开玩笑才是最终目的。
如果一个姑娘只要性爱和健怡可乐，
那你应该送她什么样的东西？
一首愤世嫉俗的情诗，涂满苦涩的海水，
再洒上几滴蜂蜜——
然而他又想，也许不能解释，
否则就会失去幽默的意义。

于是他说："对不起，我只是有点儿激动，
所以才会犯傻。"
温迪不愿让他感到难受，她决定弥补自己的过失，
尽量安慰他。
"我很喜欢。"她撒谎了，努力装出高兴的样子，
实际上非常害怕。
她忙着摆脱过去的束缚，却没有发现
一条崭新的绳索正在将她绑架。

费尔南多英俊、善良、风趣，
在她需要的时候，他总会提供帮助。
可是现在，温迪担心自己在不经意间
俘获了这位充满柔情的房主。
没错，温迪喜欢他，
她也想象过，跟他恋爱会带来怎样的感触。
不过她依然明白，倘若此刻把床伴变成男友，
她将犯下致命的错误。

她刚刚把一个男人扔在了婚礼上，
如果说她需要什么，那就是空间。
但是你闯进了别人的家里，

怎么还能理直气壮地说“我需要空间”？
你穿着他的运动衫，睡在他的怀抱中，
这些行为都暗示着关系的发展。
毕竟多年以来，你们的相处方式都很暧昧，
一切并没有那么简单。

而今，两周的亲吻和痛饮，
分享着青春的丑陋伤疤和痛苦的往事——
她已不自觉地走进他的心中，
就像一个孩子下意识地舔舐松动的牙齿
就算她和费尔南多
可以愉快地度过一段时日，
她也不应在原本要结婚的这个月
跟他开始。

最重要的，即使他们俩能克服糟糕的时机，
他还是不该给她写诗。
她实在不明白，他为什么觉得她会
喜欢押韵的句子？
如果费尔南多真的跟她心有灵犀，
那他为何对此一无所知——

如果他打算追求这个女人，
写诗并非最好的方式。

这首诗很聪明，但是也叫人厌烦，
其中充斥着奇怪的念头和夸张的口吻。
费尔南多声称是为她而写，
却仿佛在炫耀他自己的灵魂，
他的喜爱显得既靠近又疏远、既熟悉又陌生，
感觉并不单纯。（况且，如果想要固执己见的恋人，
她完全可以不离开沃伦。）

“对不起。”费尔南多说，
但未明确表示是为了那封信的缘故。
温迪坚称不必道歉，
他仍然觉得很难受——心里清楚。
也许这首诗显得有点儿任性，
就像是一次多愁善感的自我满足。
他本想写得欢乐而有趣，模仿苏斯博士[1]，

1. 苏斯博士（Dr. Seuss）：本名西奥多·苏斯·盖泽尔（Theodor Seuss Geisel，1904—1991），美国作家、漫画家、动画片制作者，以“苏斯博士”的笔名创作出版了许多儿童读物，基本都采用了押韵的童谣形式。

结果却成了大卫·拉科夫[1]。

于是，他们俩便静静地坐着，
沉默的时间越来越长。
两人都觉得自己的行为自私且残忍，
实在无法原谅。
也许他还有机会讲一些深刻而细腻的话语，
改变目前的境况。
结果只是说："嘿，总之，我不过想表达，
你真的很棒。"

"其实我……"温迪欲言又止，
费尔南多说："是的，我明白。
我只是认为，与其事后懊悔，
不如现在就把心里话都说出来。"
温迪说："嗯——"
他记起第一次向亲友提及现在的安排
其中一人说："我真希望马上知道

1. 大卫·拉科夫（David Rakoff，1964—2012）：美国作家、记者、演员，经常创作自传性质的幽默散文。

你们最终会是什么状态！”

姐姐曾告诉他：“你要留神，
大家常说：游荡的心总要继续前行。”
所以现在，当温迪说“说真的，我得回家了”，
他并不感到吃惊。
费尔南多什么都没说，
他还能说什么呢？一切都已尘埃落定。
很快，他这半个月的恋人
就会在冰冷的下午消失得无影无踪。

他把所有床单都扔进洗衣机，呆呆地盯着前方，
茫然大于颓靡。
在等地铁的时候，温迪找出沃伦的电话号码，
编辑了一条短信息。
诗的含义总是捉摸不定，
尽管那些字词就堆积在你的脑海里。
解读一个人很难，而发现自己被别人解读，
恐怕更不容易。

普普通通

普普通通的露辛达在毫无特色的公寓里正常醒来。她穿上不起眼的衣服，瞥向质量一般的镜子。她注视着平凡的自己，心想：嗯，就这样吧。

她开着还算可以的汽车去上班，准备迎接聊以糊口的工作。所有东西都是米黄色和浅灰色，显得平淡无奇。这是很寻常的一天，几乎跟其他日子完全相同，唯一值得注意的事情就是中间有整整八分钟她都没看过手机。

她在办公桌前吃午饭。羽衣甘蓝恺撒沙拉和苏打水。

室内温控器被设定成 71 度[1]。

那天晚上，她回到毫无特色的公寓里，重新加热了自己前一天晚上做的意大利面，味道不好也不坏。她饭量适中，吃得不多也不少。她打开电视机，一边看家庭装修节目，一边回复

1. 71 度：华氏温度，相当于 21.7 摄氏度。

工作邮件，两个半小时之后便上床了。

刚开始，她睡不着觉，于是就从三百数到一，连续重复了七遍、八遍，乃至九遍。凌晨 3:32，她拿起手机，查看是否收到了任何短信，当然没有，因为现在是凌晨 3:32，收不到短信才是正常的。正常，普通，这就是露辛达应有的生活。

早晨醒来，露辛达发现自己落枕了，脖子隐隐作痛。不过，这也是顺理成章的结果。

上班途中的交通状况很正常，高速公路上发生了一起可怕的车祸，从统计学的角度来讲十分合理。电台播放了八首颇为流行的歌曲，露辛达觉得都不错，但是并没有特别喜欢哪一首。她不禁思索了片刻，怀疑自己是否无法再爱上什么东西了。其实，许多人都会偶尔冒出类似的念头。

当她抵达公司时，还没有收到任何短信。

她收到了三十一封新邮件，要么跟工作有关，要么是垃圾推送，来自她懒得退订的邮件列表。她想象了一下，在她与世长辞并遭到遗忘的几百年后，她仅剩的遗产恐怕就是一个无人查看的邮箱账户，每天依然会接收数十条由电子邮件机器人自动发送的信息。它们根本不知道，其实她早就死了，因此已经不关心丝芙兰“第二件八折”的惊喜活动了。

她独自吃午饭。甘蓝恺撒沙拉和苏打水。

“你真的很爱吃恺撒沙拉。”前台接待员黛比说，她把露辛达的恺撒沙拉放在桌上。

“嗯，我愿意时刻记住，如果你的心脏被刺穿的次数够多[1]，最终他们就会以你的名字来命名一种沙拉。”

这只是一个普通的玩笑，然而黛比乐不可支，仿佛它超出了一般水平。黛比对露辛达很友好，最近每个人都对她很友好，说实话，如此一来，情况只会变得更糟，因为那意味着他们知道了。当然，他们并不知道具体发生了什么，没有人真正知道——这既是好的方面，也是坏的方面。无论如何，大家还是有所察觉，所以他们才对她很友好。他们可能在公司的厨房里商量过，“咱们应该善待露辛达，因为她正在经历许多事情。”尽管露辛达没有经历那么多事情，她经历的事情跟别人一样多。这些事情正常、无聊、平凡，虽然令她烦恼，但是可以接受。

下午 2:18，加文路过她的办公室，询问她是否整理好了那份备忘录，里面需要罗列在集体诉讼案中被概括为“蓝牙耳机爆炸期”的四十五天以内出现的所有技术支持电话。露辛达表示还没有，不过她可以在 3 点之前交给他。她并未提及这个

1. 指恺撒大帝遭暗杀身亡，据称他被刺了 23 剑。

任务让她花费了比预计更长的时间，因为加文新雇的那位大胸律师助理有一个可爱的毛病，总是把电话区号和邮政编码搞混——考虑到各方面的情况，露辛达没有说出来，这是很得体的选择。

加文朝她微微一笑，显得十分友好，而露辛达则认为，加文表现得如此友好是非常残忍的，加文说："谢谢你，露辛达。"

"不客气。"露辛达说，加文再次报以微笑，接着便离开了。

露辛达打开她最近一直在处理的文档，心中暗暗思忖，当加文说"谢谢你"时，他没有说"谢谢你，露丝"，而是说"谢谢你，露辛达"，听上去很奇怪。但是，她不应该觉得奇怪，毕竟"露辛达"本来就是她的名字，如果他叫她"露丝"的话，恐怕会更奇怪，因为"露丝"是男朋友对她的称呼，而加文已经不是她的男朋友了。

露辛达掏出手机，编辑了一条给加文的短信："正在整理备忘录，抱歉拖了这么久，不过你也知道，树袋熊每天要睡二十个小时。"

她盯着屏幕，决定删除这条短信，谢天谢地。她另外发送了一条短信："抱歉，好像有些奇怪。"

然后，她看到了表示加文正在输入内容的三个圆点，但是不管他输入了什么，都没有发出来，而那三个圆点也消失了。露辛达将手机放进办公桌的抽屉里，继续工作。下午 2:42，她弄好了备忘录，但是没有马上发给加文，她想先看一下加文有没有回复她的短信。没有。她一直等到3点整，才把备忘录附在一封邮件里发给他，上面写着：“任务完成。”

十八分钟后，他回复了一封邮件：“谢谢。”

在开车回家的路上，她始终都没有看手机。当她到家时，加文依然没有回复她的短信。她想再给他发一条：“抱歉，那条关于有些奇怪的短信好像有些奇怪。”幸亏她忍住了，谢天谢地。

她独自去看了一场电影，对于单身女人来讲，这是一件很正常的事情。不过，她很难集中精力欣赏影片，因为她总是在想，太好了，观影期间不能使用手机，等到放映结束之际，也许她就会看见几条新短信，来自加文或者愿意联系她的其他人。然而，散场以后，她打开手机，发现自己没有收到任何短信。

那天晚上，她把手机放在床头附近，但是调成了勿扰模式，以防收到短信时被吵醒。后来，在半夜12点，她心想，这样做太傻了，于是她干脆关掉手机。然而，到了凌晨2:14，她又想，这样做也很傻，于是她重新打开手机。果然，加文在12:41发来了一条短信：“不奇怪。”

露辛达想：好吧，所以不奇怪。

第二天，露辛达正在自己的办公室里认真工作，忽然收到了一条来自陌生号码的短信：“我有东西要送你。”

当露辛达收到陌生号码的短信时，她喜欢在不问对方是谁的情况下，尽量延长谈话，看看自己能否猜出来。有许多普通人都会这样做，因为日常生活毫无波澜，所以他们只能故意制造一些小小的神秘感，而平凡的露辛达自然也不例外。

“你要送我什么？”

“这是一个惊喜。”陌生号码说。

“可以给我一点儿提示吗？”

然后，露辛达看到了表示对方正在输入内容的三个圆点。那三个圆点停留了一分三十四秒，接着出现了回复：“不行。”

露辛达把手机放进办公桌的顶层抽屉里，继续工作。

上午 11:12，加文前往 H 会议室，途中经过露辛达的办公室。他在门口朝她点头示意，说：“露辛达。”

露辛达也点了点头，作为回应，接着便躲进卫生间里，哭了十八分钟。

吃午饭时，黛比拿来一份甘蓝恺撒沙拉和一罐苏打水，放下东西以后，她犹豫了片刻。

“谢谢你，黛比。”露辛达说。

“不客气。”黛比说。

她依然站在原地。

“你还有其他事情找我？”露辛达问。

“你不想知道我要给你的惊喜是什么吗？”

露辛达努力掩饰内心的失望，原来跟她发短信的那位神秘陌生人只是前台接待员黛比。

“对啊，”她说，“你要给我的惊喜是什么？”

黛比从她的邮差包里掏出一个麦片盒：“我觉得你可能会喜欢这盒肉桂糖燕麦块。”

露辛达盯着那盒肉桂糖燕麦块：“为什么？”

“它的赠品是一块小黄人手表。”

“噢，”露辛达说，“真可爱。”

露辛达暗自思忖，不知道黛比多大了。如果让她猜，她会说二十二岁。倘若有人告诉她，黛比才十四岁，只是发育过早，或者已经五十八岁了，但是皮肤光滑，她也会相信的。

“小黄人超有趣。”黛比说。

露辛达说：“我得继续工作了。”

“好吧。”黛比说。

黛比离开房间，将那盒肉桂糖燕麦块和免费的小黄人手表留在露辛达的办公桌上。露辛达拿起一支铅笔，把盒子推到旁边，接着打开脸书的手机客户端。在界面加载出来之前，她又关闭并删除了应用程序。然后，她在电脑上登录脸书，注视着自己的主页。她还没更换头像，看起来很傻，可是她总觉得，更换头像就等于承认了什么——不是说承认这段恋情结束了（因为它当然结束了，无论露辛达是否愿意承认），而是承认她心里在乎。

头像上的她身处夏威夷，笑得非常灿烂，有一条胳膊搂着她的腰。那是谁的胳膊？从画面中看不出来。没有证据表明露辛达在圣诞节期间跟男朋友去了夏威夷。没有证据表明露辛达交过一个男朋友。没有证据表明加文在圣诞节期间并未回东部探望家人。没有证据表明在五个月零八天的时间里，他们二人共同经历了一段美妙、亲密而真挚的感情。没有证据表明这些事情曾经发生过，没有任何人知道。然而，在照片上，有一条胳膊搂着她的腰——那条胳膊属于一个男人，如今他已经不爱露辛达了，不会再用甜蜜的亲吻叫醒她，也不会撒谎说自己要回东部探望家人，实际上搂着露辛达的腰，在夏威夷待了一个星期。但是，露辛达并不在乎。

露辛达希望脸书上的每个人都明白，她还没费心更换头像，是因为她根本就不在乎，并非因为她难以释怀，这一点非常重要。归根结底，她和加文之间的故事又不是荡气回肠的爱情悲剧，就算写出来也无法成为伟大的歌剧，充其量只能算平庸的歌剧。台下的观众基本都是剧作家的亲朋好友，结束以后，他们会在大厅里徘徊，拼命思索该说些什么好话，然后，他们终于想到了，众口一词地称赞：“哇，瞧瞧你多厉害！居然写了一部歌剧！真是了不起啊！”

露辛达最烦恼的事情莫过于他们还得一起工作。加文依然存在于世上，这让露辛达觉得很过分。

如果你是一名卧底警探，负责监视韦斯曼、蔡茨曼和金茜事务所里的各种情况，也许你会怀疑露辛达曾经爱过加文，但是你肯定猜不到，她曾经喜欢他跟她说话的方式，以及她跟他说话的感觉，因为现在他们俩很少说话了。就算偶尔交谈一下，中间也穿插着漫长而尴尬的沉默，仿佛在讲西班牙语，每个句子的前后都要停顿许久。

当他跟她说话时，他会叫她“露辛达”，这总是令她肝肠寸断，尽管她知道那样其实很傻。毕竟，除此之外，他还能叫她什么呢？“露丝”？不可能。“树袋熊”？不行。以前他会叫她“树袋熊”，因为她习惯在床上环抱住他，就像搂着树干的树袋熊。她把自己的一切都寄托在他身上，就像依靠树干的树袋熊。如今，树干消失了，露辛达必须面对现实，在没有支柱的情况下继续生活——当然，这完全正常。露辛达承受的痛苦很正常，内心的失落也很正常。她日夜都在煎熬，忍耐着尖锐、灼热、乏味、可怕、阴冷、沉闷、恋旧、麻木以及高达五百伏特的空虚，而这种感觉十分正常。

露辛达瞥向手机，只是为了查看时间。她发现自己没有收到任何短信，就把手机放进了办公桌的抽屉里。然后她又意识到，她还未查看时间，于是重新掏出手机，结果发现在这片刻中，她仍旧没有收到任何短信。接着，她记起电脑上也有时间。此刻是下午 1:07，脸书的主页依然显示在屏幕上，不知道刚才有多少前往 H 会议室的同事经过她的办公室，瞧见了这张在夏威夷拍摄的照片，看到了有一位神秘男子曾经搂着她的腰。

露辛达的办公室位于公司中央，四面都是透明的玻璃墙，这意味着在去休息室、洗手间或 H 会议室的路上，大家难免会直接望向她。以前，她喜欢成为万众瞩目的焦点，那让她觉得自己非常重要。可是现在，她感到很不舒服，就像一条玻璃缸中的金鱼，时刻都在展览，方便人们观赏。

她删除了脸书账户。

她决定一小时内不看手机。

在这一小时里，她完成了许多工作，也思考了许多事情。她想到自己手上的任务如此繁重，幸亏她已经不跟加文谈恋爱了，否则无法集中精力干活儿。在她和加文交往之前，她每天都要花费不少工夫编造借口，主动去加文的办公室找他，如今她不必再为此分心了，工作效率自然也提高了。

在她和加文交往之前，她会亲手把调查备忘录交给他，然后在他的办公室门口徘徊，一改往日的沉闷无聊，变成另一个露辛达，妙语连珠，可爱迷人，能够开启各种精彩的话题，比如：整理那份调查备忘录的过程很有意思。或者：加文喜欢科罗拉多州的春天吗？或者：她是在这里出生长大的，他需要她推荐一些春天可以做的趣事吗？或者（当他揭穿她的小把戏，顺水推舟地问："好啊，春天最适合做什么？"）：噢，不是吧，呃……开车去别处？

有一天晚上，全体员工都留下加班，逐字逐句地修改一份复杂的文件，争取在半夜 12 点之前将其归档。在复印室里，她亲吻了加文，当他回吻她时，其他人正隔着一道脆弱的房门，面对厚如砖块的资料，吃着薄如纸张的比萨。露辛达觉得自己性感、大胆、美丽，身上散发着无穷的魅力。

她跟他回家，第二天又穿着同样的衣服来到公司。前往 H 会议室的所有人都会经过她的鱼缸办公室，发现她的秘密。她觉得自己性感、大胆、美丽，身上散发着无穷的魅力。

在接下来的五个月里，她和加文用浪潮般的短信淹没了对方——彼此才懂的玩笑，细致入微的观察，还有偶尔出现的告白，比如："天哪，在安德里亚介绍性骚扰案件的时候，我总是忍不住走神，好想让你撕开我的衣服，在你的办公室里跟我做爱。"在重要的会议中，他们偷偷发送类似的短信，同事们过着枯燥而平庸的生活，浑然不知许多露骨的情话正在他们的头顶上飞来飞去——那一切都令她觉得自己性感、大胆、美丽，身上散发着无穷的魅力。

然而现在，她知道自己错了，因为露辛达并不性感、大胆、美丽，也没有无穷的魅力。她只是一个平凡、无聊、正常的普通人。

事到如今，她终于明白了这一点，实际上，在内心深处，她恐怕一直都很清楚。

无论走到哪里，她都会发现一些蛛丝马迹，提醒她记住自己是普普通通的露辛达，不配拥有任何特别的经历。她试图打开一盒橙汁，却撕坏了包装，她实在搞不懂，这家公司为什么还要用愚蠢的小纸盒呢？难道他们没听说过世界上有一种东西叫瓶子吗？她使劲一拽，结果橙汁都洒在了衬衫上，她心想：是我活该。

傍晚，黛比问她是否要加班，然后留在公司吃晚饭。露辛达说：“不。”

她路过加文的办公室，想起了加文。

她迈进电梯。在那里，她曾经亲吻过加文上百次，而现在，她觉得电梯太残忍了，每天都要勾起她的回忆。该死的电梯，你怎么敢这样对我？

在车库里，她看到加文的宝马车停在加文的车位上。

在开车回家的途中，她经过了一家商店，正面的橱窗里写着“本店出售纸箱”。她想起有一次，她大发脾气，因为加文总是讨好哈罗德·韦斯曼，不管他开什么玩笑，加文都乐得前仰后合。

“而且，”露辛达说，“对于我的玩笑，你从来都没有任何反应。”

加文说：“那是因为你所谓的玩笑就是找一家商店，门外明明贴着一张巨大的告示说‘本店出售纸箱’，你却非要走进去问柜台里的收银员：‘不好意思，请问你们卖纸箱吗？’”

“没错，当我这样做的时候很有趣啊。”

“当你第一次这样做的时候还算有趣。”

“不，每次都会变得更有趣，你居然不理解，真太奇怪了。”

露辛达煮了一碗鹰嘴豆玉米粥当作晚饭，她强迫自己回忆加文最为愚蠢、最不性感的模样，就像有一次，他们吃完午餐以后，一起走向加文的车，他说：“嘿，快瞧，这家植物店真可爱。”露辛达不禁暗自思忖：他刚刚是把那家花店叫成了“植物店”吗？

露辛达想象着有朝一日在演讲时提及此事，大家被逗得乐不可支。她为什么会发表演讲？她身处怎样的场合？这些问题都无关紧要。

“你们知道吗？”露辛达继续进行虚构的演讲，“加文认为讨厌早午餐是一种个性。”

人群中又传来更多的笑声。在场的听众包括公司的全体员工，以及加文和露辛达的所有朋友。

“加文喜欢露营——他非常愿意去露营，只要别在你邀请他去露营的周末就行。说真的，他喜欢露营的理念。他随时都会屈尊陪你去露营，前提是他得带上自己的泰普尔[1]床垫和白噪音助眠器。”

想象中的人群爆发出一阵大笑，加文勉强咧开嘴巴，点了点头，表示他就是故事的主人公。露辛达明白，在微笑的面具背后，他恐怕已经火冒三丈了。当她在加文的朋友面前取笑他时，他总会默默地生闷气。

露辛达尽情享受着他的烦恼，可是她还没来得及加强攻势，他就挑起眉毛，露出无奈的苦笑，仿佛在说：“我还能说什么呢？露丝，你赢啦。”转瞬间，露辛达便彻底原谅了他。忽然，她发现自己穿着婚纱。为什么？噢，不！她在婚礼上发表演讲，而新郎就是加文！多么可怕！她为何要想象这种情况？她立刻停止了想象。

---

1. 泰普尔（Tempur-Pedic）：床上用品制造公司，因生产高档记忆棉床垫而闻名。

露辛达爬到床上，思考什么时候辞职比较好。她知道现在不行，否则加文就会认定她是因为分手而辞职的，她不愿意让他获得那种优越感。

她想在临走之前羞辱加文，把他们俩通过工作账户互相发送的色情邮件打印出来，统统贴在她那间鱼缸办公室的玻璃墙上，展示给大家看。

“这究竟是怎么回事？”加文会说，他的同僚和上司都聚集在露辛达的办公室周围，专心致志地阅读那些浪漫风流的书信。

露辛达会看着墙上的纸张，故意装糊涂：“噢，我只是希望办公室里能有点儿私人空间，所以就把玻璃都盖起来了，我根本没注意打印的是什么东西。无论如何，反正我辞职了。”

“露辛达，这样并不有趣。”加文会大声嚷嚷，而露辛达必须承认，这样确实算不上有趣。但是，也许露辛达已经变得不再有趣了，也许加文说得对——她从一开始就很没趣。

露辛达想象着加文冲进她的办公室，撕下那些邮件。她突然意识到，这将是加文在她办公室里待得最久的一次。露辛达发现，在他们恋爱期间，乃至共事期间，他们的重要交谈全是在他的办公室里进行的。加文喜欢在露辛达的门口探出脑袋，向她索要备忘录，或者在前往 H 会议室的路上，隔着玻璃墙朝她点头示意，然而在他们的两性关系和职场关系中，所有的标志性事件都发生在他的地盘上。

可是，话又说回来，和加文的分手并非她想辞职的原因，所以她现在无法辞职，她绝不能让这个决定显得跟加文有丝毫关系。

其实，自从凯伦·格拉斯曼成为初级合伙人以来，她就一直考虑要离开韦斯曼、蔡茨曼和金茜事务所。当初，露辛达根本没想过要在那儿工作，她几乎是碰巧撞上了这个职位，她似乎一向如此。像露辛达这样的普通人，在生活中只能被动地接受一切，等待命运为她填补空白。她甚至都不确定自己是否想做一名律师——她之所以去了伯克利的法学院，完全是因为没有其他事情发生，而且她觉得，如果能回学校念书，那么至少在接下来的几年里，她可以不用再作任何决定了。

加文始终认为这一点很滑稽，居然会有人毫无理由地进入法学院，还参加了律师考试。露辛达试图解释："我没有说'毫无理由'。"加文说："对，对，我明白。"

然后，他们就让凯伦·格拉斯曼当上了初级合伙人。

在开车上班的途中，露辛达又想起了凯伦·格拉斯曼的升职，最近她经常这样。其实私底下她很喜欢凯伦·格拉斯曼，对方可以获得成功，她也真心感到高兴。她故意思考凯伦的升职过程，只是希望避免回忆那件事情带来的后果：加文和露辛达为此大吵了一架。

她曾经询问加文，事务所的合伙人是否考虑过要将她提拔成初级合伙人，加文说：“你明知道我不能回答这种问题。”

“嘁，”露辛达说，“如果我们无法互相提供情报，那干吗还要偷偷地谈恋爱呢？”

加文对她的指责非常生气，尽管严格来讲，根本就没有任何指责——不管她说什么，加文都能听出指责的意思，他应该跟心理医生好好谈谈。可惜，每次露辛达劝他去看心理医生时，他都会把她的建议也当成一种指责。

“我们之所以要偷偷地谈恋爱，”他抱怨道，“完全是因为你不愿意向人事部坦白。”

“没错，但是我想继续在你的手下工作。如果我们向人事部坦白，我就必须为哈罗德或乔尔干活儿，这样一来，我很可能会自杀，那公司又要多处理一桩复杂的法律案件了。”

整整一个上午，露辛达都在努力克制自己，尽量不去回想那番对话。在这半天里，她做了许多事情，确切地说，就是拼命压抑各种念头。

她的午饭是甘蓝恺撒沙拉。

吃完午饭，她便开始阻止下一场关于凯伦·格拉斯曼的交谈涌入脑海中，这次争吵发生在三天之后，因为她不肯善罢甘休。她总是提起凯伦·格拉斯曼，仿佛凯伦·格拉斯曼是一片树林，而她则绕着树林徘徊，在入口处搭起帐篷、点燃篝火、烘烤豆子，不断打探周围的情况。最后，加文终于爆发了（尽管他曾表示自己愿意体验露营）："露丝，别闹了。你永远也无法得到凯伦的升职机会。"

"为什么？"

"拜托，你不能拿自己跟凯伦相比。她真的把这一切当作事业——她很重视我们所做的工作。"

"我也很重视！"

"露丝，你明白我的意思。凯伦每天都在公司吃晚饭，并且加班到深夜。"

"我有时候也会加班！"

"不，你没有！你以前会加班，但那只是为了找我调情。"

"你从未说过我应该加班！"

"我怎么可能逼自己的女朋友加班？更何况，你根本就不想做律师。"

"我当然想！至少我考虑过。"

"得了吧。对你来说，这家事务所就是个笑话。你总是整理一些滑稽的调查备忘录，讨论裸女乐队之类的东西。"

"首先，那支乐队叫'裸体淑女'[1]，而不是'裸女'。"

---

1. 裸体淑女（Barenaked Ladies）：加拿大摇滚乐队，成立于 1988 年，曾为美剧《生活大爆炸》演唱主题曲。

露辛达确实曾利用业余时间，花费了好几个小时，写出一份关于加拿大摇滚乐队“裸体淑女”的调查备忘录，专门研究主唱史蒂文·佩奇在演唱他们1998年发行的热门单曲《一周》时，有没有故意模仿美国口音。

她注意到这首歌以响亮的“it's been”开始，但是单词“been”听上去像“bin”，属于美式发音，而比较地道的加拿大式发音应为“bean”。更加明显的是，歌曲中反复出现的单词“sorry”也采取了美式发音“sawry”，而非圆润的加拿大式发音“soary”。

她上网寻找史蒂文·佩奇的视频和音频访谈，果然发现他在日常交流中都是用加拿大人的方式说单词“been”，这表示他在录制那首歌曲时（有意或无意地）模仿了美国口音。

露辛达找不到相关的资料和分析，于是她只好自行推理，总结出三种可能性：

1. 史蒂文·佩奇主动隐藏他的加拿大口音，因为有人告诉他，如果他唱歌像美国人，他的音乐在世界上会更受欢迎。

2. 他下意识地隐藏了自己的口音，因为他已经从心底里接受了上述观念。

3. 歌词描写的主角是一个美国人，其中蕴含着对美国文化的微妙嘲讽。

所以，没错，露辛达整理过一份关于“裸体淑女”的备忘录，然后发给了公司里的几位律师同事，但是那并不意味着在其他情况下，她没有认真对待这份工作。

“而且，”加文继续说，“你经常说乔尔的坏话，说他喜欢动手动脚。”

“那不叫‘说坏话’——”

“你明白我的意思。”

“你以为凯伦·格拉斯曼就从未抱怨过乔尔吗？”

“我只是说，你和凯伦想要的东西不一样。”

“你怎么知道？”

“露丝，你扪心自问，如果我们明天结婚，我说你再也不用工作了，你还愿意待在事务所里写调查备忘录吗？”

露辛达突然无法呼吸了，仿佛所有空气都感到非常尴尬，争先恐后地逃出了房间。

“这是什么鬼话？求婚吗？”

“不，我就是说说而已。”

“说什么？说我不适合当合伙人，天生就该做家庭主妇？”

“你知道我不是那个意思。”

“我知道吗？”

“算了，你累了，我们上床睡觉吧。”

在那次交谈过去两天零十一小时又四分钟以后，露辛达正忙着整理一份备忘录，讨论向信奉素食主义的流浪汉偷偷提供鸡汤的合法性。加文忽然给她发短信，问她是否可以去一趟他的办公室。

“你能把门关上吗？”

她照做了。

“我应该向你道歉。”他说。

“不——”

“我觉得也许我误会了你对这份工作的态度，我们的关系恐怕影响了我的判断。”

考虑到各方面的情况，露辛达认为他表现得十分成熟，于是她说：“谢谢。”

“我想，如果你真的重视这份工作，把它当作严肃的事业来看待，那么我们现在的相处方式可能不太合适。”

“什么相处方式？”

“露辛达，别装傻了。”

“我没有装傻，”露辛达说，“我确实不懂。你是要跟我分手，还是要开除我？”

加文笑了：“噢，天哪！不是！”

露辛达松了一口气：“好吧。”

“你没有被开除，这只是分手而已。”

露辛达再次紧张起来，她喊道："什么?！"

"请不要大吵大闹，"加文说，"我之所以这样做，是因为我在乎你。"

"你打算在公司里跟我分手？谁会这样做？"

然而，露辛达知道谁会这样做。如果一个男人想跟女朋友分手，又不希望她大吵大闹，那他就会这样做。

"我们可以好聚好散，不必搞得很难堪。其实，咱们俩始终都无法理解对方的需求是什么。"

露辛达点了点头，回到自己的办公室里。她默默地思忖：多么不可思议啊！在短短的一次交谈中，加文能够既跟她分手，又没让她升职，声称"我应该向你道歉"，却毫无愧疚之情。

如今，露辛达已经很擅长不去想这些了。实际上，那天夜里，她辗转反侧，难以入眠，因为她不去想的事情太多了。

露辛达睁开眼睛，迎接周五。她简直不敢相信，自己熬了这么久才到周五。每一天都无比漫长，却又无比空虚。整个星期就是一串数不清的瞬间，所有瞬间都充斥着满满的空虚。

下班时间，黛比出现在露辛达的门口。

"需要我帮你买饭吗？"她问。

"今晚不用，谢谢。我很快就要回去了。"

黛比在走廊上四处张望，然后把半个身子探进露辛达的办公室：“嘿，我能跟你聊两句吗？就是关于那盒肉桂糖燕麦块。”

露辛达说：“正好，我也希望跟你谈谈这件事情。”

“我估计你肯定觉得那个礼物太随意了。其实，我只是想送你一块手表，但是凯莉会检查收据，我担心手表不符合规定。后来，我发现肉桂糖燕麦块属于食品类，所以原则上应该没问题。”

露辛达注视着盒子正面的小黄人图案：“黛比，你为什么要送我一块手表？”

“有时候，我经过你的办公室去H会议室，我会看着你——”

“你会看着我？”

“不，不是以那种奇怪的方式——我的意思是，我会瞧见你。”

“好吧。”

“我发现你经常看手机，而且每次都会露出生气的表情。我觉得很难受，总想进来给你一个拥抱——我知道这样做不合适，于是我心想：也许我可以送她一块手表，那她就不必再频繁地看手机了。”

露辛达转移视线，盯着盒子，然后又望向黛比。她暗自感慨，黛比真是年轻而又单纯，可谓一尘不染。她想到有朝一日，黛比终究要爱上某个人，刚开始，对方还会欣赏黛比的独特之处，到头来却习以为常，认为一切都是理所应当，那实在太悲哀了。这种人根本不配拥有黛比，他完全不明白，能被如此温柔的姑娘爱上，是多么难得的事情。

“你知道吗？上一位前台接待员可比你差远了。”

黛比脸红了：“噢，我不过是尽力而为。每天早晨，我都会提醒自己：黛比，你必须尽力而为，你只能那样做，而且那样做也就足够了！”

露辛达意识到，这恐怕是她们俩之间最长的一次交谈。“等你去了法学院以后，我肯定会想念你的。”她说，“你打算申请哪个学校？”

黛比笑了：“啊，不，我——不。我考不上法学院。我只希望能留在这样的地方帮忙，我认为他们承担的工作非常重要，而且很有意义。”

“仅仅是他们吗？”

“抱歉，还有你，我不是故意的。”

露辛达忍俊不禁：“你非常敏锐，我觉得你真的会成为一名优秀的律师。你应该参加法学院入学考试。”

“我参加过，”黛比说，“三次。”

“噢。”

“没关系，”黛比说，“我曾经非常沮丧，实际上，时间能帮助你克服所有困难。这也是我送你手表的另一个原因。首先，你不必再经常看手机了。其次，你可以记住时间在流逝。对大多数问题而言，唯一的解决办法就是交给时间。”

“谢谢你。”露辛达说。

黛比点了点头：“从前，我一直以为自己会当律师，不过现在我的生活都是遵循这条法则：哎，如果注定不行，那就……你懂吗？”

“明白，”露辛达说，“我感觉自己写过关于这条法则的备忘录。”

黛比开怀大笑：“你真的很有趣。”

好吧，露辛达心想：我很有趣。

不，她心想：我“真的”很有趣，不是一般地有趣。

周一，加文路过露辛达的办公室，向她打听备忘录整理得怎么样了，这次要讨论的问题是雪貂在科罗拉多州能否被列为服务型动物。

露辛达说：“还行，谢谢。”

实际上，情况的确还行，虽然整体来看不算太好，但是比糟糕的时候强多了。

“我喜欢你的手表，”加文说，“小黄人。”

“是啊，”露辛达说，“小黄人。”

她收回目光，盯着电脑屏幕，继续工作。

让你
更像你

当美国总统几乎是世界上最容易的事情，关键在于你必须准时出现。我之所以知道这一点，是因为有一回我迟到了三分钟，其实差不多还算准时，然而古普塔先生暴跳如雷，险些把我的脑袋拧下来。

“六点十五就是六点十五，晚一秒都不行。”他宣称。

我解释道：“抱歉，路上堵车了。”这不是迟到的真正理由，但是如今我只会以此为借口。从前，我在奎兹诺斯快餐店上班时，曾经迟到过一次，我告诉老板那是因为拉莫娜。刚开始他没有计较，可是我看得出来他很生气，大约一周之后，我就被开除了。他声称我的“家庭状况”影响了我的“工作表现”，尽管事实并非如此，我依然能做出最棒的潜艇三明治。不管怎样，现在我都说自己迟到是因为交通阻塞。

接下来，古普塔先生说：“如果你无法保证准时抵达这里，我相信肯定有人愿意顶替你。”

我很想说："拜托，老兄，我才迟到了三分钟而已。"不过，我知道他会说："你瞧，咱们俩吵架又浪费了多少时间！"当然，我还能继续说："对，但是没有人逼你跟我吵架，你完全可以放过我。"可是，你要明白，古普塔先生永远都不会善罢甘休，所以你最好还是尽早认输，避免招惹更多的麻烦，我觉得这大概也是当总统必须了解的情况之一。

于是我说："非常抱歉，先生，以后不会再这样了。"

然后，你前往服装部，找艾米卡拿自己的行头。本来，你得向艾米卡出示印着照片和总统编号的公园工作证，好让她确定该取出哪套道具服。但是只要你上班超过一天，艾米卡就会记住你是谁，你还没掏出钱包，她便已经开始为你准备东西了。

你走进房间，艾米卡兴高采烈地说："哎呀，这不是阿瑟总统[1]嘛！"严格来讲，她不能那么说，根据公园的制度，在穿上道具服之前，你并不是真正的阿瑟总统。他们对此规定得很明确，我估计可能是因为有一次，托马斯·杰斐逊[2]跑到镇上四处嚷嚷"我是托马斯·杰斐逊"，企图凭借身份获得特权，免费喝奶昔什么的，甚至跟姑娘们搭讪，结果消息传到了公园

---

1. 阿瑟总统（President Arthur）：指切斯特·阿瑟（Chester Arthur，1829—1886），第 21 任美国总统。
2. 托马斯·杰斐逊（Thomas Jefferson，1743—1826）：第 3 任美国总统，《独立宣言》的主要起草人之一。

管理层那边。古普塔先生被集团里的领导们狠狠地骂了一顿，而我们也被古普塔先生狠狠地骂了一顿。

艾米卡亲切友善，还会讲许多精彩的故事。其实仔细想想，那些故事本身没什么意思，但是她总能描述得绘声绘色，非常吸引人。比如，所谓的故事可能仅仅是泰迪·罗斯福[1]弄丢了一枚纽扣，导致艾米卡必须再缝一枚新的——然而，听她讲完，你会觉得这是世界上最有趣的故事，情节跌宕起伏，充斥着英雄与恶棍的激烈斗争。有一次，瓦莱丽连上了两轮班，好像是因为艾米卡要去参加一场婚礼。清晨，我走进服装部，看见瓦莱丽，那恐怕是我人生中最糟糕的一天。而且，就在当天，医生告诉我们，拉莫娜的病已经扩散到骨头了，所以那天的确很糟糕。我并不是说这两件事有什么必然联系——瓦莱丽顶替艾米卡的工作，我妹妹的病扩散到骨头；不过，当艾米卡在那儿的时候，每天早上我都会感觉好受许多。我没有讨厌瓦莱丽，只是更喜欢艾米卡。

言归正传，从艾米卡手中接过道具服，你便可以进入更衣室，戴上巨大的头套，然后——当当当当！你变成一位总统了。切斯特·阿瑟算是最容易扮演的总统了，基本上你只需

1. 泰迪·罗斯福（Teddy Roosevelt）：指西奥多·罗斯福（Theodore Roosevelt，1858—1919），第 26 任美国总统，昵称“泰迪”，也被称为“老罗斯福”。

要站在拉瑟福德[1]树篱迷宫的入口外就行，旁边是跨过“种族歧视河”的“明天更好桥”，林肯[2]偶尔会路过。游客询问你是否能帮忙给他们和林肯拍照，你说：“没问题，反正我是切斯特·阿瑟，平常根本无事可做。”

有时候，你也会怀疑，如果你仅仅是切斯特·阿瑟，那当总统又有什么意义呢？比如，有个家伙跟我同一天入职，他负责扮演富兰克林·罗斯福[3]，这项差事的好处很多。首先，人人都热爱富兰克林·罗斯福，更棒的是，你可以一天到晚都坐着，除了表演小型音乐剧《宾夕法尼亚大街 1600 号[4]》的时候——在唱完新政之歌以后，你只需要站起来，坚持五秒钟左右，便会引起巨大轰动。你单靠起立就能获得热烈的掌声，甚至都不用像卡尔文·柯立芝[5]那样跳上一段踢踏舞。麻烦的是，作为富兰克林·罗斯福，你必须记住关于他的所有史实，然而富兰克林·罗斯福几乎当了一百年的总统。人们总是走到你跟前，七嘴八舌地提出各种问题，比如：“我们唯一需要恐惧的

---

1. 拉瑟福德（Rutherford）：拉瑟福德·伯查德·海斯（Rutherford Birchard Hayes，1822—1893），第 19 任美国总统。
2. 林肯（Lincoln）：亚伯拉罕·林肯（Abraham Lincoln，1809—1865），第 16 任美国总统。
3. 富兰克林·罗斯福（Franklin Roosevelt，1882—1945）：第 32 任美国总统，唯一连任超过两届的美国总统（共连任四届），也被称为“小罗斯福”。
4. 宾夕法尼亚大街 1600 号：美国总统府白宫的地址。
5. 卡尔文·柯立芝（Calvin Coolidge，1872—1933）：第 30 任美国总统。

东西是什么？”[1]以及“你干吗非得跟日本人过不去？”[2]假如你答错了哪怕一丁点儿，某些带着孩子的混蛋家长就会向公园管理层投诉，于是古普塔先生便对你大发雷霆。所以权衡利弊之后，我宁愿当切斯特·阿瑟，真的。

有时候，本杰明·哈里森[3]会来附近徘徊两三个小时，这倒不是一件坏事，至少有人能陪我说说话。总体而言，本杰明·哈里森还算不错，只要你别提起他在网上买的那个特大号充气娃娃就行。你肯定以为这种话题很容易避免，毕竟在日常交流中，特大号充气娃娃还能出现几次呢？可是，哈里森为那玩意儿花了八百块，我估计你在某样东西上投入的金钱越多，你就越想谈论它，即便它是一个等着跟你做爱的硅胶女巨人。

他说：“这些充气娃娃通常标价好几千美元，但是我买的很便宜，因为那是二手货。”

我说：“厉害啊，老兄。”

他说：“有的人觉得这样很奇怪，可是我并不觉得奇怪。反正就是自慰嘛，大家都会做的事情。”

我说：“没错。”

他说：“如果我告诉你，只要花上八百美元，你就能体验

1. 出自富兰克林·罗斯福的名言：“我们唯一需要恐惧的东西就是恐惧本身。”

2.1941 年珍珠港事件发生以后，罗斯福力主对日宣战，并发表了著名的对日宣战演讲。

3. 本杰明·哈里森（Benjamin Harrison，1833—1901）：第 23 任美国总统。

到人生中最棒的高潮，难道你会不愿意吗？”

在我看来，这个问题太疯狂了，因为我简直无法想象，同时拥有八百美元是什么情形。那些钞票都摆在面前，任凭我随意处置，感觉就好像：“嗯，这里有将近一千美元，我要怎么花呢？”我可以给自己和妈妈、妹妹共住的那套破烂公寓交上半个月的房租，或者找一位漂亮的女士，带她出门吃一顿体面的晚饭。我们去的地方会有餐巾布，还有其他高档的物品。或者升级有线电视服务，开通昂贵的电影频道，好让拉莫娜不必再成天看无聊的脱口秀了，怎么样？噢，等等！我知道了！不如上网看看能否找一个塑料做的假女人来帮我自慰吧？

我甚至都不知道该把这种东西放在哪儿。我还得买一个专门的柜子吗？我家可没有多余的空间了。哈里森把他的充气娃娃藏在面包车的后部，如果换成我，恐怕只能把它搁在客厅里了。

拉莫娜肯定会喜出望外。她会给充气娃娃起名字，叫诺琳什么的。当我下班回家时，她便说：“我和你的新女友诺琳聊得非常开心。你知道吗？诺琳小时候是一名天才网球运动员，后来因为中风才变得全身瘫痪。她真是一位迷人而优雅的姑娘。”

妈妈把我拽到一旁说：“你必须赶紧扔掉那个东西，拉莫娜一整天都在跟它说话，她还让我给它泡茶。”

我带它回到自己的卧室里，试图跟她做爱，可我不断想起她是一名中风瘫痪的天才网球运动员，内心感到格外悲伤。所以，经过全面考虑，我觉得最好还是不要买特大号充气娃娃。

不过，在百分之九十的情况下，本杰明·哈里森都是一个不错的家伙。而且，他偶尔也会谈论一些很有意思的话题，比如上次，他去看了《X战警》的最新电影，周末过后，他给我从头到尾地复述了一遍，于是我就不用自己花钱去看了。他对我实在太好了，其实完全不必如此。他甚至表演了几个打斗场面。他总是知道公园里的各种趣闻，毕竟他经常四处游荡，所以有时候他会告诉你这样的事情：詹姆斯·门罗[1]被某个小孩子尿了一身。这非常好笑，因为首先，如果你认识詹姆斯·门罗，哪怕只是了解一丁点儿，你也会说："让那个混蛋见鬼去吧。"其次，开国元勋广场差不多是距离服装部最远的地方，你可以想象门罗徒步穿过整座公园，浑身都是小孩子的尿液，单是这个画面就能让你乐上一周了。

每当哈里森提起他放在面包车后部的超大号充气娃娃时，我都想说："闭嘴吧，老兄，根本没有人在乎那玩意儿。"然而实际上我会说："好啦，老兄，周围还有孩子呢！"这一招总能奏效。

如果在公园里有游客想跟你聊天，那肯定是因为重要总

1. 詹姆斯·门罗（James Monroe，1758—1831）：第5任美国总统，参加过独立战争。

统面前的队伍太长了，遇到这种情况，你只需要知道关于切斯特·阿瑟的两点：第一，我是在加菲尔德总统[1]惹恼某人并遇刺身亡以后当上总统的；第二，我的主要成就是彭德尔顿法案[2]。接下来，倘若对方问你彭德尔顿法案是什么，那你应该可以直接蹦到天上，飞向好莱坞，去亲吻超级名模的嘴唇了。因为你肯定是在做梦，从来没有人会继续打听彭德尔顿法案的内容。

等到一天的工作结束以后，你便换下这身行头，前往服装部还给瓦莱丽，或者有时候是艾米卡，如果她们俩换班的话。我喜欢在早晨看到艾米卡，那样我会觉得这将是愉快而正常的一天，没有任何意外。若是艾米卡和瓦莱丽换班了，我在傍晚看到艾米卡，那倒也不算非常糟糕。唯一的问题在于，我不愿把沾满汗水的道具服交给艾米卡清洗，这可能是艾米卡上晚班的坏处。我总爱想象艾米卡早晨来上班，从烘干机里掏出我的道具服，干净而温暖，也许她还会让自己的脸颊贴近切斯特·阿瑟的胸膛，感受一下那份温暖。

总之，这就是每天的正常安排，至少在麻烦出现之前基本如此。当然，我所说的麻烦开始于周日，麻烦总是开始于周

---

1. 加菲尔德总统（President Garfield）：指詹姆斯·加菲尔德（James Garfield，1831—1881），第 20 任美国总统，于 1881 年遇刺身亡。
2. 彭德尔顿法案（Pendleton Reform Act）：1883 年美国国会通过并由切斯特·阿瑟总统签署实施的一项关于联邦政府公务人员管理的法案。

日，大概因为那是我们每周上班的最后一天吧。如果管理层想作出某些决定，把一切都变得乱七八糟，那大家可以利用周一，或者说我们口中的“周末”，重新冷静下来，然后当我们周二回去上班时，就像什么都没有发生过一样。

无论如何，在麻烦出现的那一天，我的状态已经很差了。头天夜里，拉莫娜对新药产生了不良反应，所以我整晚都没睡，始终守在她身边，而她每隔二十分钟就要呕吐一次。我们试着开玩笑，当她呕吐时，我会向她提问，谈论她最心爱的事物。

“嘿，拉莫娜，你认为德雷克[1]的新专辑怎么样？”

呕吐。

“真的吗？你以前很欣赏德雷克呀！难道你不喜欢那张新专辑？”

呕吐。

“哇，反应这么强烈！看来，我得从你的手机里把德雷克的歌曲都删掉了，现在你肯定非常讨厌他。”

拉莫娜露出微笑，尽管她还在呕吐。她说：“你真傻。”

我很高兴自己能陪伴拉莫娜，并且让她露出微笑，然而结果是第二天上班时，我感到精疲力竭，谁也不想用这种状态来

1. 德雷克（Drake）：全名奥布里·德雷克·格拉哈姆（Aubrey Drake Graham，1986—），加拿大黑人说唱歌手、唱作歌手、演员。

迎接麻烦。

此时，范布伦[1]已经离开大约一周了，因为在烟花表演的过程中，他突然掏出鸡儿，朝一群聋哑儿童摇晃。他拼命解释，声称自己并非变态，只是分不清失聪儿童和失明儿童。古普塔先生显然没有接受他的解释，一周以后，范布伦被辞退的消息便传开了。“而且，不仅是那个范布伦，”哈里森说，“任何范布伦都不会回来了。”

“我不懂，”我说，“怎么，难道以后就没有范布伦了？”

哈里森说：“你会想念他吗？”

紧接着，古普塔先生便在下班后召开了一场全体总统会议，这是非常严肃的事情。公园里的消息通常是以小组为单位四处散播，等到传入我的小组（即第五小组）时，大家都已经知道了。在我的印象中，上次召开全体总统会议是因为麦迪逊[2]对一位游客表现出种族歧视的倾向，于是古普塔先生立即把我们聚集到一起，郑重地告诫我们：“不许搞种族歧视。”麦迪逊说：“可是，如果你扮演的总统本来就是种族主义者呢？如果他拥有黑奴呢？”古普塔先生说：“嗯，好吧，但还是那句话：不许搞种族歧视。”

---

1. 范布伦（Van Buren）：马丁·范布伦（Martin Van Buren, 1782—1862），第 8 任美国总统。
2. 麦迪逊（Madison）：詹姆斯·麦迪逊（James Madison，1751—1836），第 4 任美国总统，从小在种植园长大，认为奴隶制是南方经济必不可少的一部分。

这次会议是关于范布伦的。

“我相信你们肯定很纳闷儿，为什么范布伦不在。”古普塔先生说。

富兰克林·皮尔斯[1]说：“因为他给那群聋哑儿童看了自己的鸡儿。”

古普塔先生变得紧张不安，他说：“不——好吧，没错，但那是——”

他停顿了片刻，努力恢复镇定。

“我相信你们肯定很纳闷儿，为什么托马斯·杰斐逊不在。”古普塔先生说。

我环顾四周。刚才我并未发现，但是杰斐逊确实不见了。实际上，有许多人都缺席了。

古普塔先生微微一笑：“我相信你们肯定在想，下周公园要怎么营业呢？我们没有了安德鲁·杰克逊[2]、詹姆斯·门罗、约翰·亚当斯[3]，甚至……乔治·华盛顿[4]！”

---

1. 富兰克林·皮尔斯（Franklin Pierce，1804—1869）：第 14 任美国总统。
2. 安德鲁·杰克逊（Andrew Jackson，1767—1845）：第 7 任美国总统，在第二次美英战争的新奥尔良战役中率兵大败英军。
3. 约翰·亚当斯（John Adams，1735—1826）：第 2 任美国总统，为《独立宣言》起草委员会的五名成员之一。
4. 乔治·华盛顿（George Washington，1732—1799）：第 1 任美国总统，在独立战争中担任大陆军的总司令，起草并签署了《独立宣言》，1787 年主持了制宪会议。

我再次环顾四周。是啊，太奇怪了。

“不过，”古普塔先生继续说，“如果我告诉你们，我们可以仅靠一人之力就得到十位总统，并且不只是假扮总统的员工，而是真正的总统，你们觉得怎么样？”

就在此刻，“禁止入内的备用办公室”突然房门大敞，一位身穿套装的白人女士倒退着走进开放式办公区，手里攥着一条长长的铁链。她朝备用办公室里高喊：“来吧，伙计，来吧。”

“禁止入内的备用办公室”里传出一声低沉的呻吟，我和本杰明·哈里森不禁对视了一眼，心中暗暗思忖：糟糕，麻烦要来了。

白人女士望向我们，面带白人女士的典型微笑，简单地说：“他很害羞。”

古普塔先生显得非常烦恼，他召开了全体会议，做好了各种准备，现在铁链另一头的东西却不肯出来——我估计这玩意儿才是重点。他说：“他到底要不要出来？”

白人女士没有理会古普塔先生，她目不转睛地盯着屋里：“来吧，伙计。”

低沉的呻吟变得越来越响亮，一个拴着铁链的……东西出来了。那是一个可怕的巨人，高约十英尺[1]，眼睛肿胀，下巴凸

1. 十英尺：约合 3 米。

出，伴随着每一次呼吸，庞大的身躯都在起伏，看上去就像用人体部位拼凑的破烂玩偶，被硬塞进殖民地时期的服装里，胸前的扣子只系了一半。大家纷纷倒抽冷气，发出“天哪”和“见鬼”之类的尖叫。白人女士提高嗓门，压过我们的声音宣布：“请不要使他受到惊吓，他很容易激动。”

古普塔先生大喊：“安静！为了我们的客人，请保持安静，好吗？”

肯尼迪[1]说：“呃，那是什么东西？”

白人女士说：“不，你应该问‘那是谁’。”

古普塔先生眉飞色舞地说：“恐怕你们当中有许多人都忘记了总统公园的重要性，以为这一切只是单纯的娱乐。实际上，对于家庭而言，总统公园是一个充满教育意义的地方。有不少可敬之人觉得，我们在这里做的事情非常高贵。”

我上下打量那个形似人类的大块头，它流着口水，到处张望，仿佛在寻找房间的出口。

“我为弗兰克·菲尔丁工作。”白人女士说。

所有人都困惑地看着她：“谁？”

她烦躁地重复了一遍：“弗兰克·菲尔丁，你们不知道

---

1. 肯尼迪（Kennedy）：约翰·肯尼迪（John Kennedy，1917—1963），第35任美国总统，于1963年遇刺身亡。

吗？弗兰克与费莉西蒂的菲尔丁氏基金会？立足于今朝，为了昨日的未来问题资助明天的解决方案？”

我恍然大悟：“噢，原来如此。”我相信自己肯定在某个商业广告里听到过一次。

白人女士露出灿烂的笑容：“弗兰克·菲尔丁是一位拥有远见卓识的天才，能够改变世界的游戏规则。有些人说他就像新时代的史蒂夫·乔布斯，我觉得，他其实更像切·格瓦拉和甘地——如果他们俩是亿万富翁的话。”

哈定[1]说：“听起来你好像爱上他了。”

白人女士说：“我没有爱上他，他是我的老板，而且他已经结婚了，所以那不可能。”

“请忽略哈定总统，”古普塔先生咳嗽了一声，“他很没礼貌。”

白人女士继续说：“弗兰克与费莉西蒂的菲尔丁氏基金会认为，你们在这里做的事情至关重要，发挥着不可或缺的作用。毕竟，除了历史的创造者和颠覆者之外，谁还能当上总统呢？”

胡佛[2]高声嚷嚷：“可不是嘛！”胡佛的白痴朋友们都傻笑起来，古普塔先生说：“拜托，别闹了。”

---

1. 哈定（Harding）：沃伦·哈定（Warren Harding，1865—1923），第 29 任美国总统。
2. 胡佛（Hoover）：赫伯特·胡佛（Herbert Hoover，1874—1964），第 31 任美国总统。

白人女士接着说："如果可以体验历史，那何必还要纪念历史呢？通过开国元勋远房亲戚的样本，我们菲尔丁公司的研究实验室能够以百分之八十八的准确率还原开国元勋百分之十二的基因组成。借助 DNA 数据和全世界最先进的 4D 打印技术，我们成功地制造了这份送给公园的免税礼物——华亚杰麦·门亚杰范哈泰[1]。华亚杰麦，跟大家打个招呼吧！"

她拽了拽铁链，那头怪兽的喉咙里发出一声凄惨的哀嚎。

"华亚杰麦·门亚杰范哈泰完美地结合了前十位总统的基因。"古普塔先生骄傲地宣布。

"华亚杰麦·门亚杰范哈泰！"白人女士重复道，"华盛顿！亚当斯！杰斐逊！还有……其余的几位总统！"

古普塔先生补充道："也就是说，这家伙不仅是穿着道具服的员工，而是真正的总统——噢，不，他吐了。"

果然，那个东西吐得满地都是，简直就像高压水枪一样在四处乱喷。我有点儿想打破尴尬，询问怪兽对德雷克新专辑的看法，但是我知道在白人女士面前，也许我不该提起黑人歌手。

白人女士开始抚摸他蓬乱的头发："没关系，华亚杰麦，

---

1. 华亚杰麦·门亚杰范哈泰（Waj'm Maj'vht）：这个名字是由美国前十任总统姓氏的首字母组成的，十位总统分别为乔治·华盛顿、约翰·亚当斯、托马斯·杰斐逊、詹姆斯·麦迪逊、詹姆斯·门罗、约翰·昆西·亚当斯、安德鲁·杰克逊、马丁·范布伦、威廉·亨利·哈里森、约翰·泰勒。

这很正常。人人都会如此，这是正常现象。”

古普塔先生说：“请大家不要在意这种小事，一旦我们解决了呕吐的问题，华亚杰麦·门亚杰范哈泰将受到孩子们的热烈欢迎，凡是来公园参观的游客，无论属于哪个年龄段，都会非常喜欢他！”

于是，会议到此结束。

周二早晨，我在服装部问艾米卡有没有见到公园里的新成员。

“见到啦，”她说，“否则你以为是谁给他做了那身衣服呢？”

我立刻觉得自己很傻。艾米卡当然会知道一切，服装部离古普塔先生的办公室这么近，而且又紧挨着“禁止入内的备用办公室”。

她帮我拉上道具服背后的拉链，我说：“你觉得他怎么样？”

“我觉得很巧妙，”她耸了耸肩，“科学嘛。”

我说：“是啊，我明白这一点——真的，我确实明白这一点。可是在我看来，称之为科学似乎有些轻描淡写了，你说呢？既然是科学的产物，那提供动力的燃料在哪儿？”

她说：“嗯，我懂你的意思。不过，我喜欢那双眼睛。”

“眼睛？”

“华亚杰麦的眼睛，你看到了吗？”

我必须承认，我并没有仔细观察那个呕吐怪兽的眼睛。

“他的眼睛非常深邃，”她说，“显然见证过许多事情。十位总统，对吧？”

我说：“他们是这么说的。”

艾米卡陷入了沉思：“一个身体里装着十个人，他的内心活动肯定很复杂——我是说，当他停止呕吐的时候。”

我总结道：“世界之大，无奇不有。”

她歪了歪嘴角，挤出淡淡的微笑：“没错。”

如果说我喜欢艾米卡的某一点，那就是她总能以独特的方式看待问题。比如，她会指出华亚杰麦·门亚杰范哈泰不只是一头怪兽，而是一具装着十个人的躯体，还拥有一双深邃的眼睛。这显得非常滑稽，却也颇为可爱。我不太明白其中的科学原理，所以不知道是否果真如此，就像我说的，这是一种有趣的视角。

午饭后，本杰明·哈里森经过我的岗位。我向他复述了艾米卡的观点，关于华亚杰麦是十个人什么的，哈里森觉得那很好笑。

“听着，老弟，”他说，“我在开国元勋广场待了整整一上午，我可以告诉你，那家伙连一个人的活儿都干不了。”

我说：“是吗？”

他说：“他被拴在一根柱子上，就像绳球似的。他几乎一直坐在那儿，拿着石头敲打地面，嘴里偶尔会冒出半句话，比如‘固执者的愚蠢无法超越’。但大多数时候，他只是瞎哼哼而已，还经常莫名其妙地倒下。”

我说：“看来那群科学家给他加入了太多詹姆斯·门罗的成分。”

哈里森笑了。

在此期间，拉莫娜需要到诊所取她的验血报告，妈妈担心会出现不好的结果，所以希望我一起去。然而，那天是周四，实在不该缺勤，因为这是学校组织户外教育的日子。

我设法向妈妈解释：“公园里的情况很反常，现在不适合请假。”

她说：“抱歉，都怪你妹妹病得不是时候，她真是太自私了，对吧？”

我说：“你干吗非得让我跟着？假如结果不好，我去了又能改变什么呢？”

妈妈说：“拉莫娜需要你的支持。”

我说：“我上班赚钱，给咱们家交房租，承担她的医药费，这就是在支持她。”

妈妈说：“你可以先请个假试试吗？”

于是，周三傍晚，我傻乎乎地走向古普塔先生的办公室，他正在开会，外面的等候区里摆了几把小椅子。我坐了下来，他隔着墙壁大喊："人人都在问，华盛顿呢？安德鲁·杰克逊呢？他们根本不喜欢你那个……古怪的复制品。"

然后，我听见白人女士说："好吧，感谢你的反馈，我会认真考虑。从你的表述来看，我们的试点项目似乎太冒进了。显然，我们向一个混合体施加了过多的压力，他无法同时捕捉到华盛顿和杰克逊的精髓。"

古普塔先生说："我的意思是，那些是公园里最受欢迎的总统。"

"不如你把前十位总统都请回来，我们再给你一个崭新的混合体，用来代替公园里最不受欢迎的家伙。这样你需要承担的风险很小，我们也能趁机解决实验中出现的问题。"

古普塔先生说："坦白来讲，我已经厌倦了一次克隆十位总统的计划，或许我们应该继续雇用穿着道具服的员工。"

白人女士说："古普塔先生，你的态度使我感到非常惊讶和失望。难道你不记得了吗？你的老板们跟菲尔丁公司签订了协议，向我们转让了公园的一部分股权，方便我们测试最新的生物技术。我实在不愿为此把你告上法庭，尤其是基金会的全体成员都坚定地相信，总统公园肩负着崇高的使命，而我们的研究有望让历史变得鲜活起来。"

古普塔先生说："求求你，没必要闹上法庭。"

白人女士说："我完全同意。那么，我们应该达成共识了。而且，我也跟你一样，明白华亚杰麦的首次亮相不太理想。先前我们都有点儿兴奋过头了，但这并不是什么过错。正因如此，我们才需要做实验。为了不断进步，我们必须允许自己失败。接下来，我们将用不同的总统再尝试一遍，好吗？"

古普塔先生说："可以。"

白人女士说："选择地位较低的总统？"

古普塔先生说："行。"

白人女士说："太棒了！我就知道你是个理智的人。"

或许我不是总统公园礼品店里最锋利的纪念黄油餐刀，但我也不是迟钝的笨蛋，所以我知道，对于可怜的切斯特·阿瑟来说，这绝非好消息。

我快步穿过走廊，迈进服装部，哈里森依然在忙着脱道具服。我把整件事都告诉了他，哈里森说："咱们完蛋了。"

我说："不会吧，真的吗？"

他说："听着，老弟，我是本杰明·哈里森——不太有名的哈里森。你想想看，我还比不上那个只当了一个月总统的家伙[1]。而你是切斯特·阿瑟，你的主要成就不过是皮博迪公投之

1. 指威廉·哈里森（William Harrison，1773—1841），第 9 任美国总统，在总统任期开始 31 天后去世。

类的狗屁。”

我说：“彭德尔顿法案。”

“谁在乎呢？不管你怎么排序，咱们俩都属于后十名。如果他们要甩掉十个总统，那你和我必须得走人。”

回到家中，妈妈问请假结果如何，我简单地说“行不通”。

她说：“‘行不通’是什么意思？”

我说：“妈妈，有时候人生就是‘行不通’。”

如今，我明白自己在公园的日子所剩无几了。别误会我的意思，这种局面非常糟糕，毕竟眼下我们真的很需要钱，可是我觉得自己不会太留恋公园本身。反正，我肯定不会想念在此工作的那群白痴总统。

小时候，我经常来总统公园玩耍，盼着有朝一日能成为总统——多么渺小而愚蠢的心愿啊！我渴望穿上大西装，套上泡沫头，在主题公园里装模作样，我以为那就是最重要、最复杂的事情了。其实，这里到处都是讨厌的混蛋，原来让一个混蛋当总统，结果只能得到一个混蛋总统。我早就应该猜到，当总统不会改变你的本质，而是放大你已有的特点，让你更像你。

不过，我会想念服装部的艾米卡。也许是发现以后不能每天见到她，导致我陷入了多愁善感的情绪之中，也许是穿着道具服在烈日下站得太久，把我热糊涂了，或者是因为我可能很快就要被解雇了，所以什么都不在乎了。无论如何，我决定问问艾米卡，她是否愿意在下班后出门喝一杯。

话音刚落，我便后悔了。首先，她当然不会答应，其次，我要带她去哪儿呢？我唯一去过的酒吧在一个保龄球馆的后面，真的不适合带姑娘去，那里挤满了贩卖手工香皂的老家伙，这种传销骗局在去年席卷了镇上的某些地区。我觉得倘若我带艾米卡去一家好酒吧，比如葡萄酒餐厅或者高档俱乐部，那么调酒师肯定会鄙夷地看着我说："你在开玩笑吗？"而艾米卡也会仔细地打量我："你知道吗？之前我没有意识到，不过现在我考虑了一下，这位调酒师说得对——你在开玩笑吗？"

紧接着，我把所有顾虑都忘得一干二净，因为艾米卡说："我愿意。"

于是我心想：去他的彭德尔顿法案，切斯特·阿瑟的最新主要成就是让艾米卡离开服装部，在下班后的某个时间跟他出门喝一杯。

整整一周，我几乎都兴高采烈，感觉就像飘浮在空中。甚至当妈妈告诉我诊所的检查结果不太好时，我也还是保持着乐观的态度。我走进拉莫娜的房间，坐在她的床边说："诊所大夫嘛，他们懂什么，对吧？"

拉莫娜开怀大笑，然后咳嗽了几声："纯粹是庸医。我已经跟妈妈讲过了，不要再找那些花费七年时间才考上研究生的家伙看病了。"

"没错，"我说，"一群蠢货！在涉及诊所的问题上，我是一个典型的怀疑主义者。"

"诊所怀疑主义者。"拉莫娜总结道，她的声音很沙哑，我看得出她累了，所以最后补充了一句："嘿，最重要的是一切都会好起来的。"

她闭上眼睛："是啊，一切都会好起来的。"

我和艾米卡的约会还没开始就失败了，其实这才是顺理成章的结果。毕竟，我凭什么认为自己有资格遇到一件称心如意的事情呢？

我们刚坐下，她便立即开口："听着，我必须先说几句话。我不知道你为何会邀请我出来，我也不想表现得太冒昧，但是我觉得自己应该告诉你，我爱上某个人了。"

我说："好啊，别担心，那完全没有问题。你爱上的人是我，对吧？"

她显得颇为不安："抱歉，不是你。"

我说："嗯，我明白。我只是在开玩笑而已。"

她变得更加不安了："噢，挺有趣的。"

我说："这次见面非常愉快。"

她说："不过，我真的很喜欢跟你做朋友，你愿意花更多的时间跟我相处，我感到十分高兴。"

我说："幸好今后你不会在工作中陷入尴尬，因为我大概马上就要被解雇了。"

她说："你为什么这样想？"

我向她复述了自己听到的内容，关于古普塔先生和白人女士打算让前十位总统回来，再用一个全新的超级总统来代替另外十位总统，还有哈里森认为我们俩完蛋了。

艾米卡说："但是，你不能把自己和本杰明·哈里森混为一谈。古普塔先生当然想摆脱他，那家伙非常混蛋，他经常从巨人的总统头套里偷看我的胸部。"

"你是怎么发现的？"

"他的整个头套都垂下来了。"

"他干吗不直接用自己的眼睛看？"

"我不知道！他就是一个傻瓜。反正，我的意思是你跟他不一样，你工作努力，态度也很端正，这让你跟公园里的许多人都拉开了距离。依我看来，你应该尽量争取。"

我说："争取什么？如果他要换掉排在末尾的十个家伙，不管其中有没有我，我都无能为力。"

艾米卡说："等等，你说排在末尾的十个家伙？"

我说："没错。"

艾米卡思索了片刻，然后凑上前来。"听着，"她说，"最近我偶尔会待在'禁止入内的备用办公室'里……"

我说："不是吧？"

她说："我知道严格来讲，我不该进去——谁也不能进去——不过，除了保安队的埃米尔之外，我总是第一个抵达公园的人，而备用办公室里又非常安静……"

我说："这难道不是那个大块头住的地方吗？"

她说："哪怕仅仅是提起这些，我也可能会惹上麻烦。但我想说的是，白人女士把那个房间当成了自己的办公室，所以她和古普塔先生经常在里面交谈。"

"什么样的交谈？"

"不清楚。刚才我也说了，我只是趁早晨进去一下，在别人出现之前就离开了。不过，他们在屋里摆了一块很大的白板，上面依次写着所有总统的名字，而且他们会反复调整，以不同的顺序排列那些名字。"

"排序的规则是什么？"

"不知道，但是华盛顿和林肯始终高居榜首，占据着第一位和第二位。底部的名字一直在变化，通常是海斯、皮尔斯和菲尔莫尔[1]这一类人。"

"我呢？切斯特·阿瑟在第几位？"

1. 菲尔莫尔（Fillmore）：米勒德·菲尔莫尔（Millard Fillmore，1800—1874），第13任美国总统。

艾米卡皱起眉头："正如我所说，顺序是不断变化的。"

"所以，排在末尾的家伙并非完全固定——总统们的顺序不是按照历史重要性来排列的？"

"老实说，如果让我猜的话，我会认为那个顺序是按照纪念品销售额来排列的。"

于是我心想，这下麻烦了，毕竟我的销售额实在不高。然而另一方面，我又意识到自己还有机会。

在搭乘公交车回家的路上，我开动脑筋，认真思考：谁是一定可以留下的？最近几任总统显然没问题——坦白来讲，从富兰克林·罗斯福至今的总统都比较安全，因为怀旧的游客喜欢跟自己同时代的总统合影。还有前十位总统——古普塔先生把他们请回来，绝不是为了再次解雇他们。所以，已经有二十四个人几乎不可能被开除了，而我还没数到林肯呢。

我不禁慌了起来，紧接着，我发现在泰勒[1]和富兰克林·罗斯福之间，大概只有林肯和泰迪·罗斯福是难以动摇的。

然后便是格兰特[2]和柯立芝这样的家伙——无法保证会留下，却肯定比我更有希望。如果严格一点，或许还可以算上威

1. 泰勒（Tyler）：约翰·泰勒（John Tyler，1790—1862），第10任美国总统。

2. 格兰特（Grant）：尤利塞斯·格兰特（Ulysses Grant，1822—1885），第18任美国总统。

尔逊[1]。胡佛和布坎南[2]也能勉强挤进去，毕竟他们俩都臭名昭著。而且，人们喜欢听加菲尔德和麦金利[3]遇刺的故事。

那就只剩下十一位总统了，包括我自己。我能胜过他们十个人吗？我列出一张名单，反复地浏览：

波尔克[4]

泰勒

菲尔莫尔

皮尔斯

安德鲁·约翰逊[5]

海斯

克利夫兰[6]

本杰明·哈里森

---

1. 威尔逊（Wilson）：托马斯·伍德罗·威尔逊（Thomas Woodrow Wilson，1856—1924），第 28 任美国总统。
2. 布坎南（Buchanan）：詹姆斯·布坎南（James Buchanan，1791—1868），第 15 任美国总统，因无法调和南北冲突而遭到批评。
3. 麦金利（McKinley）：威廉·麦金利（William McKinley，1843—1901），第 25 任美国总统，于 1901 年遇刺身亡。
4. 波尔克（Polk）：指詹姆斯·波尔克（James Polk，1795—1849），第 11 任美国总统。
5. 安德鲁·约翰逊（Andrew Johnson，1808—1875）：第 17 任美国总统。
6. 克利夫兰（Cleveland）：指斯蒂芬·格罗弗·克利夫兰（Stephen Grover Cleveland，1837—1908），第 22 和第 24 任美国总统。

塔夫脱[1]

哈定

这些家伙是我必须击败的对手，虽然非常艰难，但是完全可以做到。他们当中的大多数人恐怕还不知道自己在裁员之列，就算他们知道了，也会像哈里森那样想：反正我都要被开除了，努力又有什么意义呢？

次日，我按时抵达公园，准备迎接工作。经过考虑，我认为自己必须实行“三管齐下”的策略。

第一，在古普塔先生面前表现出专业的精神和恭敬的态度。“早上好，古普塔先生。”我说，“今天阳光明媚，非常适合让我们的贵宾了解总统公园的历史。”

第二，增加游客对切斯特·阿瑟的兴趣。在这一点上，我能做的事情相当有限，因为大家通常不会在醒来时心想：哎呀，我等不及要见切斯特·阿瑟了，也许我还会买一些跟他有关的纪念品。实际上，我很了解公园的运作方式，可以将经验转化为优势。比如，泰迪·罗斯福总是抱怨他每天下午一点都

1. 塔夫脱（Taft）：威廉·霍华德·塔夫脱（William Howard Taft，1857—1930），第27任美国总统。

累得够呛，因为那是迷你剧《总统山》开演的时间。但是直到黑奴解放庆典以后，林肯才会露面，现在他们又把华盛顿和杰斐逊替换成了一个流着口水的痴呆巨人，为了孩子们的安全，他始终被拴在柱子上，哪儿也去不了，结果导致泰迪·罗斯福的任务变得十分繁重。

碰巧，罗斯福已经对我产生了一些好感，因为在我没弄丢自行车之前，他曾经瞧见我骑车上班。在接下来的一周里，他每次看到我出现在“明天更好桥”的另一端，都会高声大喊：“嘿！自行车小子！”而我便回答：“没错！就是我！”

所以，现在要跟他搭话并非难事。我说：“嘿，老兄，我觉得我能帮你解决一点钟的麻烦，那段时间我几乎一直闲着。实际上，我的工作区里根本就没有人。如果你把游客都引到我这边来，我完全可以应付他们。”

他说：“没问题，但是我要怎样才能把他们引过去呢？”

“我教你一个办法，你得告诉他们：‘曾经，在政坛上取得成功的唯一途径就是利用阴谋诡计。而我品德高尚，深受民众尊敬，可是如果没有彭德尔顿法案，我永远都不会成为总统。’然后，他们肯定要问：‘什么是彭德尔顿法案？’你便回答：‘你们为何不去问问切斯特·阿瑟呢？’”

他说：“真的吗？如果没有你刚刚提到的那个什么什么法案，我就当不上总统了？”

我说："你瞧，老兄，如果没有彭德尔顿法案，谁也无法确定会发生什么事——时间就像一条河，分岔固然很多，却只会朝一个方向流动。起码我们知道，有一项法案通过了，而数年以后你也当上了总统。因此说这二者之间存在关联，我觉得并不算牵强。"

他说："行，只要能摆脱他们，我愿意尝试一切办法。"

"好极了！接下来，倘若他们依然在犹豫，你就说：'也许没有人比切斯特·阿瑟更深刻地改变美国总统史了。'"

他说："我不会那样讲的。"

我说："是啊，这句话似乎有些夸张了，不过其他部分呢？"

他说："嗯，其他部分还可以。"

计划的第三方面，也是我不太喜欢的方面，就是牺牲别人。我们有一种卡片，名叫"不要问祖国能为你做什么"[1]，当我们看见同事违反公园规定时，应该填写卡片进行举报。大家认为这种卡片完全是笑话，实际上每天都会有许多违规现象发生。比如，我们知道海斯在公园里抽电子烟，尽管那是规定中明令禁止的行为。我填写卡片举报了海斯，当天晚上，古普塔先生就叫他去了办公室。

---

1. 出自美国总统肯尼迪的就职演说，原句为"不要问祖国能为你做什么，而要问你能为祖国做什么"。

一方面，我觉得自己很恶劣。毕竟，海斯偷吸电子烟，真的给谁造成了伤害吗？皮尔斯总是把历史事件的年代搞错，难道会带来可怕的后果吗？我在卡片上写下了皮尔斯，甚至举报了菲尔莫尔，因为他让三个孩子一起玩了水上滑道，尽管那条专门设计的水上滑道一次只能接受两位“菲尔莫尔的朋友”——这能算严重的问题吗？可是另一方面，公园的规定非常明确，而且每个人都得为了自己拼搏，更何况现在我不只是为了自己，还有家人依赖着我。如果其他总统经常犯一些愚蠢的错误，导致自己暴露出弱点，那么也许他们从一开始就不配当总统。

于是，在我实行“三管齐下”策略的一周后，古普塔先生把我叫到了他的办公室里。他说：“你最近的表现让我印象非常深刻。”

我说：“我只是在完成自己的本职工作。”

他说：“集团里的领导们也十分满意。亚瑟总统纪念品的销售额有所上升，我希望你知道，管理层已经注意到你了。”

我说：“很高兴听到您这样讲，先生。”

“你尊重我，”他说，“也尊重这份工作，这不是每个人都能做到的。”

我说：“是吗？”

他说：“我明白，大家都想过得开心，但这是一份工作，需要认真对待。”

“没错。我始终都坚定地认为，这是一份工作。”

“我并不愿意做坏人，”他说，“我知道他们都觉得我是一个强硬的混蛋，可是我承受着来自各方的压力，根本别无选择，你明白吗？”

我说：“当然，我明白您的意思。”

他说：“好，继续加油吧。”

在搭乘公交车回家的路上，我第一次把古普塔先生想成了一个实实在在、拥有感情的普通人，而不仅仅是一位老板。我暗自思忖，当他被雇来经营公园时，他是否料到了这里的总统会是一群可恶的蠢货？我知道通过好好工作，我让他的生活变得轻松了一些——尽管让古普塔先生的生活变得轻松并非我好好工作的初衷，但是我不介意顺便帮他一把。而且，我很高兴自己的努力得到了关注，因为在大多数情况下，现实总会教育你，一切都建立在虚无之上，不管你做什么都没有用。我终于感受到，我可以在一定程度上掌控自己的命运了，这一点真的非常重要，尤其是眼下拉莫娜的病情恶化了，必须住院观察几天，也许还要再动一次手术。

第二天，我感到浑身都充满动力，决定提前去上班，保持积极进取的势头，况且没有拉莫娜的公寓变得格外沉闷，我不想留在家里。天还没亮，我就坐上了第一班公交车，当我抵达公园时，那里只有保安队的埃米尔和服装部的艾米卡。

她说："你来得很早。"

我说："是啊。抱歉，我知道你喜欢在早晨独自待着。"

她说："其实这样非常合适，正好我想让你见一个人。之前我跟你讲过我恋爱了，你还记得吗？"

现在我后悔自己提前上班了，因为我已经产生了不祥的预感。

她带我走进"禁止入内的备用办公室"，我说："艾米卡，我觉得咱们不应该来这儿。"

她说："没关系，不会有人知道的，我每天都这么做。"

在角落里，华亚杰麦被墙上的铁链拴着，目光凶狠，呼吸沉重。

"嗨，亲爱的。"艾米卡说，华亚杰麦·门亚杰范哈泰继续做自己的事情，那就是拴着铁链坐在地上，目光凶狠，呼吸沉重。

我说："你爱的就是这个家伙？"

艾米卡露出微笑："你看出来了，是吗？"

华亚杰麦低声咕哝："熊熊燃烧的火焰……不言而喻……阿比盖尔[1]！"

---

1. 阿比盖尔（Abigail）：阿比盖尔·亚当斯（Abigail Adams，1844—1818），第 2 任美国总统约翰·亚当斯的妻子，也是第 6 任美国总统约翰·昆西·亚当斯（John Quincy Adams，1767—1848）的母亲。

他蜷缩成蹲坐的姿势，动手削一根木棍。

我说：“希望你别误会我的意思，而且我通常不擅长评判别人，但是他看起来有点儿像野蛮的怪兽。”

“他不是怪兽！我爱他。我喂给他整个儿的洋葱，他吃起来就跟啃苹果一样。”

我不禁暗暗思忖：如果艾米卡喜欢这种类型，那我在她面前肯定永远都没有机会了。

艾米卡说：“我知道你很难理解。刚开始我也害怕他，实际上他非常温柔，而且还拥有十个人的心。对吧，华亚杰麦？”

华亚杰麦抬头望向我们，嘴里嘟囔着：“滥用自由是精髓，阿比盖尔！”

艾米卡说：“没错，华亚杰麦。”

我说：“你要明白，我们真的不应该进这个房间，我们可能会惹上严重的麻烦。”

不知为何，艾米卡突然放声大哭：“华亚杰麦很清楚他不属于这里，但是他的存在不能怪他，又不是他在实验室里把自己做出来的。”

最糟糕的是，此时此刻，看到她为了另一个男人如此激动——而那甚至都不算是真正的男人，充其量只是一个怪异而畸形的历史人物大杂烩——我竟然比以前更爱艾米卡了。我想拥抱她，轻抚她的头发，告诉她一切都会好起来的，可是我们毕竟在工作，自从艾森豪威尔[1]在油炸奥利奥的小摊前偷摸售货姑娘的屁股以后，公园的员工行为指南就对各类触碰是否恰当作出了明确的规定。

“请你帮我个忙，”艾米卡说，“注视着他的眼睛，告诉我，你并没有看到我所发现的东西。”

我注视着他的眼睛，我看到了爱，看到了仇恨和愤怒。在片刻中，我看到了革命、荣耀与耻辱。

我说：“好吧，他似乎是一个很棒的家伙。”

他对着水桶呕吐起来。

“我很担心，”艾米卡说，“白人女士一直在谈论他们最新制造的超级总统：更庞大、更聪明、更优秀。当那个新总统准备就绪时，华亚杰麦该怎么办呢？”

我说：“我相信他们肯定另有安排。”

她说：“嗯，他们的安排就是杀了他。”

“那是你猜的。”

她浑身哆嗦：“真的，他们会杀了他，我们必须做点儿什么，我们不能让他们……”

瞧见她这样焦虑，那头怪兽变得十分不安，他开始剧烈颤

1. 艾森豪威尔（Eisenhower）：德怀特·艾森豪威尔（Dwight Eisenhower，1890—1969），第 34 任美国总统。

抖，并且恶狠狠地咆哮起来。

我说："艾米卡，你冷静点儿。"我朝她走近了一步，华亚杰麦立刻情绪失控，他满脸通红，高声怒吼，拼命拉扯墙上的铁链。

"暴政和压迫！阿比盖尔！"他说。

"他究竟是怎么了？"我说。

艾米卡说："不要紧，华亚杰麦。嘘，没事的，我很安全，你也很安全。"

华亚杰麦发出轻柔的呜咽声。

"你看到了吗？"艾米卡说，"他想保护我，这就是爱。我们也得保护他才行。"

我说："为什么是我们？为了保住自己的工作，我已经有许多问题需要解决，为什么我还得参与这件事情？"

她说："因为你有一颗善良的心。"

我说："是吗？我不这么想，反正我肯定没有十个人的心。"

她说："确实，但也许两三个人还是有的。"

她微微一笑，眼睛里依然含着泪水，我心想：面对这样一张脸，我怎么能说出拒绝的话呢？

"你看起来很美。"我说。

话音刚落，我就忍不住打了个寒战，因为根据公园的员工行为指南，你不能对自己的同事这样说，而且即使在通常情况下，有一位姑娘告诉你，她多么爱另一个男人——不，应该是一个身体里的十个男人——你也不能对她说“你看起来很美”，否则就太愚蠢了。

不过，艾米卡露出了微笑，她说：“那当然啦，毕竟我正在恋爱嘛。”

于是我说：“这样吧，咱们先静观其变，但是在此期间，千万不要做傻事，好吗？”

她说：“行，没问题。”

午休时，古普塔先生把我叫到了办公室里。弗兰克与费莉西蒂的菲尔丁氏基金会派来的白人女士也在场，他们俩都面带笑容。

“我有好消息要告诉你，”他说，“对于你最近扮演切斯特·阿瑟的表现，我们感到非常满意。”

我说：“这确实是好消息，谢谢您！”

他说：“但是，我们打算取消这个角色。”

“什么?！为什么?！那人们要如何了解彭德尔顿法案呢?！”

白人女士微笑着说：“菲尔丁公司正在制造一个全新的混合总统，再过一周左右就完成了。”

古普塔先生说：“到时候，我们会给你分配一个新角色。

嗯，吉米·卡特[1]怎么样？”

于是我心想：天哪，我中大奖了。不过，我没料到新的总统怪兽这么快就能做好，那显然不利于现在的总统怪兽，还有不小心爱上他的女人。

古普塔先生说：“对了，请不要把咱们的谈话透露给其他人，这件事需要谨慎处理。”

我说：“噢，当然。”

那天晚上，我去医院探望拉莫娜，把一切都告诉了她。

“我怀疑艾米卡恐怕会做出一些鲁莽的行为，”我说，“但她的心地又是如此单纯而善良。”

拉莫娜说：“很难讲，听起来这姑娘好像疯了，我觉得你太迷恋她了。”

我说：“或许吧……不过，万一她说得对，华亚杰麦真的有危险呢？”

拉莫娜说：“有道理，我倒是没考虑过这一点。行，那就照这位漂亮姑娘说的去办。”

“可是另一方面，古普塔先生也是个好人，我不愿意对他撒谎，尤其是现在他还给我升职了。”

1. 吉米·卡特（Jimmy Carter，1924— ）：第 39 任美国总统，任期为 1977 年至 1981 年。

拉莫娜说："嗯，真是左右为难啊。噢，我知道你该怎么做了！"

"怎么做？"

她说："你可以想象——等等，你扮演的总统是谁来着？"

我说："目前是切斯特·阿瑟，但是下周他们要把我的角色换成吉米·卡特。"

她说："哇！那你就想象——切斯特·阿瑟或吉米·卡特会怎么做？"

"我哪儿知道？他们从来没处理过这样的难题。"

"好吧，我得睡觉了，他们明天上午又要给我动手术了。"

我说："又要动手术？为什么？"

她说："不清楚，我忘了。也许上一次有个医生把她的订婚戒指落在我体内了，现在她想拿回去。总之，如果你的事情有了进展，记得告诉我，好吗？"

我思考着拉莫娜的建议。实际上，如果切斯特·阿瑟遇到这种情况，我觉得他大概会巴结上级领导，告诉古普塔先生，艾米卡跟那个锁在白人女士办公室里的变异生物有私情。切斯特·阿瑟总是干这样的勾当——或者说不完全是这样，但非常相似。

另一方面，吉米·卡特好像是一个心软的家伙，我觉得他可能会替朋友保守秘密，所以我想，既然我将要成为吉米·卡特了，那么我应该采取吉米·卡特的方式吧。

第二天，我去上班，发现公园里有警察。

“出什么事了？”我说。

本杰明·哈里森说：“华亚杰麦逃跑了。”

我说：“不会吧？”

哈里森说：“今天早晨埃米尔来换班，发现米格尔昏迷不醒，估计是被人下了安眠药。这一切实在太好笑了。”

“为什么好笑？”我说。

他说：“因为在那些有钱的科技大亨开始扮演上帝之前，公园运转得非常顺利。他们纯属活该，你不能用假人来代替真人。”

我说：“你可以把这番话对你的特大号充气娃娃再讲一遍。”

他说：“你很清楚，那完全是两码事。”

古普塔先生和白人女士把大家挨个儿叫去开会。

“你有什么线索吗？”古普塔先生说。

我说：“毫无头绪。”

白人女士凑上前来：“你明白那是公司的财产，对吗？那个混合体价值数十万美元。”

我说：“还真是物有所值啊。”

古普塔先生说：“好吧，如果你听到任何消息，一定要告诉我们。”

我说："当然，没问题。"

我走出古普塔先生的办公室，右转进入服装部。

艾米卡站在屋里，面带紧张的微笑，警察正在检查她的东西。

"嘿，我能跟你聊一会儿吗？"我说。

艾米卡说："不，现在不行。"

"也许咱们可以去外面说几句话。"我说。

艾米卡说："现在真的不合适，但是稍后我很愿意跟你谈谈。"

就在此时，我的手机响了，是妈妈。我来到外面，按下接听键。

"我在工作，妈妈，我正忙着——"

"好吧，我打电话只是因为你妹妹今天要动手术了，而你一点儿也不在乎。"

"我在乎，妈妈，我非常在乎。"

可是她还没有说完："你不在乎妹妹的癌症。"

我说："不，别把那个词说出来。"

"哪个词？'癌症'？这就是她得的病——你应该知道，对吧？"

"是的，妈妈，我知道。但是拉莫娜的病就像太阳一样，你明白吗？我无法直视它。"

她说："你必须直视它，因为她可能会死——"

我说："她不会死的，妈妈。医生肯定有办法。"

"她可能会死，"妈妈继续说，"而你将永远记得，你没有陪在她身边，因为你要去做所谓的'工作'。"

我说："你为什么非得那样讲？'所谓的工作'。这不是'所谓的工作'，就是工作，好吗？这是我的职业，我不能翘班，现在情况非常危险，你根本无法想象我的处境——"

"你妹妹要进手术室了，她很害怕。"

我说："你想出去工作吗？如果你不想，那谁来支付这次手术的费用？"

她说："你明知道我无法工作，我的双手总是不停地颤抖。"

我说："我知道，妈妈。你可以让拉莫娜听电话吗？"

我走进公园的游乐场，在麦金利枪击展览馆附近徘徊。

拉莫娜接过电话说："我真希望你在这儿，妈妈太烦人了。"

我说："我也希望自己在那儿。你还好吗？妈妈说你很害怕？"

拉莫娜说："没有，妈妈就喜欢大惊小怪。我不会有事的，放心吧。"

我说："我也是这么告诉她的！"

我听见妈妈在另一边说："你以为自己所向无敌，你根本就不明白这有多么严重。"

我说："怎么，她在吓唬你？"

拉莫娜笑了："是啊，妈妈，你干吗要吓唬我？"

隔着游乐场，我跟保安队的埃米尔对视了一下，他迈开脚步朝我走来。

我说："我得先撤了，但是我爱你，知道吗？"

拉莫娜说："嗯，我知道。"

我挂断电话，主动开口："嘿，埃米尔，这件事真是奇怪，对吧？"

他说："你昨天来得很早。"

我说："埃米尔，我不明白你在想什么——"

他打断了我："嘿，老弟，昨天我下班时那个怪兽还在，今天我上班时它才不见了。米格尔值班期间出现的问题跟我没关系，我不会无缘无故地找麻烦。"

我说："我也不愿意找麻烦，老兄。我做人的头号原则就是不找麻烦。"

埃米尔说："嗯，我只是想说，你一直都对我很好，虽然我不清楚你跟怎样的疯子掺和在了一起，但是如果目前的问话没有取得任何进展，那么他们肯定要打开监控录像，到时候他们就会知道谁进过哪些房间了。"

我说："噢，糟糕！"

"没错，所以我觉得，如果我是你，也许我应该趁现在还来得及，抢先揭发真正的罪魁祸首。”

上面传来消息，说公园即将正常开放，同时警察会继续进行调查，所以我们应该换好行头，前往各自的岗位。我站在“明天更好桥”旁边，却无法集中精力工作。

我给艾米卡发短信：“这到底是怎么回事？”

她回复道：“我发誓，我对此一无所知。”

警察们依然在公园里四处游荡，为了避免吓到游客，古普塔先生让他们都穿上了道具服。

服装部有一些多余的装备，因为公园总是在选举年做两手准备，以防另一个人当选总统。于是，我们周围突然冒出了多尔[1]、杜卡基斯[2]和罗姆尼[3]之类的家伙。他们默默在公园里穿梭，就像幽灵一样。

有一回，一家人特地跑来跟我合影，那位爸爸兴奋地说：“有人建议我们找你聊聊彭德尔顿法案。”

我完全不知道他在说什么。

---

1. 多尔（Dole）：鲍勃·多尔（Bob Dole，1923— ），1996 年美国共和党提名的总统候选人，败给了寻求连任的比尔·克林顿。
2. 杜卡基斯（Dukakis）：指麦可·杜卡基斯（Michael Dukakis，1933— ），1988 年美国民主党提名的总统候选人，败给了共和党候选人乔治·赫伯特·沃克·布什。
3. 罗姆尼（Romney）：米特·罗姆尼（Mitt Romney，1947— ），2012 年美国共和党提名的总统候选人，败给了寻求连任的贝拉克·奥巴马。

午休时，我收到了妈妈的短信："赶快过来。"

我给她打电话，可是她没有接。

我又打了一次，她还是没有接。

我偷偷溜出公园，把道具服和切斯特·阿瑟的巨大头套藏在"泪水之路"[1]电车轨道入口附近的灌木丛里，然后搭乘下一班公交车前往医院。在拉莫娜的病房外面，我见到了一位医生。

我说："现在怎么样了？"

医生说："我们遇到了最典型的双面情况——既有好消息，也有坏消息。手术很成功，但是她没有醒过来。"

我说："'她没有醒过来'是什么意思？你是说她死了吗？"

"不，不是死了！她只是在昏迷。"

"你们让她陷入了昏迷状态?！"

"是的，不过我们相信她的病因已经根除了，所以如果她醒过来，她就彻底康复了！"

我说："如果?！"

接着，他说了一大堆我听不懂的专业术语，并且向我展示了图表和X光片，最后总结道："就像我说的，手术很成功。"

"但是她昏迷不醒。"我说。

1. 泪水之路（Trail of Tears）：1830年北美印第安人被赶出家园，迁移到美国东南部所经过的路线。

他说："是的。"

"如果我的妹妹昏迷不醒，我会认为手术根本就不成功，你明白吗？"

他说："我看得出来你非常不安，我们会监控你妹妹的身体状况，随时通知你——"

忽然，他的手机响了，他说："抱歉，我必须接电话，我女儿刚知道她被哪些大学录取了，这是最激动人心的时刻。"他拿起手机，"喂，普林斯顿?！太棒了！"他兴高采烈地走开了。

我敲了敲门，妈妈来到走廊上。

我说："你是怎么想的？为什么不接电话？"

她说："你在哪儿？你应该在这里守着。"

"噢，你觉得如果我在这里，医生们就会说：'噢，咱们别让她陷入昏迷状态了。'你以为我能改变一切吗？"

她说："你说得对，我太傻了。你应该永远都别出现。"

我说："对不起，妈妈。我错了，对不起。医生还告诉你什么了吗？"

"不，没有任何消息，谁也不肯跟我讲话。"

"如果情况有变化，你会告诉我的，对吧？"

她说："到病房来坐一会儿。"

"我不能进去，"我说，"我不能看到她昏迷的样子，等她醒了我再过来。”

妈妈说：“万一她始终不醒呢？万一她死了呢？”

我说：“如果她死了，那我现在看她还是到时候看她都一样，不是吗？”

妈妈说：“你到底是怎么回事？”

我说：“我得回去工作了，妈妈。”

我企图偷偷溜进公园，但是古普塔先生发现了我。

“你究竟去哪儿了？”他说。

我说：“对不起——我妹妹——”

他说：“今天不适合到处乱跑，你懂吗？华亚杰麦·门亚杰范哈泰依然不见踪影，我不能连手下的总统也丢了。”

我说：“您瞧，华亚杰麦并非普通人，而是一个经过克隆变异的混合总统，身高达到十英尺，我觉得他肯定会出现的。也许大家不必如此惊慌，这又不是生死攸关的事情。”

“这就是生死攸关的事情，”古普塔先生说，“我会因此被解雇。你必须明白，我为公园付出了一切，而且我还有家人。如果你知道什么线索——哪怕只是蛛丝马迹——请你一定要告诉我。”

我说：“先生，没有人向我透露过任何消息。”

我刚回到“明天更好桥”旁边的岗位上，就看到一个人在河对岸向我招手，示意我过去，他戴着熟悉的巨大头套。

我觉得那应该是阿尔·戈尔[1]。

我打了个手势：谁？我？

他也打了个手势：对，过来。

我赶紧朝他走去，心中暗自思忖：完了，现在我要回答警察的一大堆问题，留下某种永久的犯罪记录，等到妈妈发现以后，她肯定会气疯了，我应该找律师吗？我根本就不认识律师。当初我绝不是为了这样的结果才申请成为总统的。

然而，阿尔·戈尔什么都没有说。他迈开脚步，示意我跟着他。他带我走向“巴拿马运河”，那是一个室内的划船项目，不过在五年前就关闭了，因为其中有些电子特效缺乏文化敏感性。

我们从后门钻进去，在阴暗的灌木丛中，我分辨出了华亚杰麦·门亚杰范哈泰的轮廓，他正在沉睡，嘴里喃喃地嘟囔：“口是心非……洋芋……”

我转向阿尔·戈尔，试图解释：“听着，老兄，我不知道那家伙怎么会在这里，我跟此事毫无关系。”

阿尔·戈尔摘掉巨大的头套，竟然是艾米卡。

---

1. 阿尔·戈尔（Al Gore，1948— ）：第 45 任美国副总统，2000 年美国民主党提名的总统候选人，败给了共和党候选人乔治·沃克·布什（小布什）。

“见鬼！”我说，“你为什么给我发短信说你不知道他在哪儿？”

艾米卡说：“你不觉得他们会监视我们的手机吗？”

“拜托，你闯下大祸了，华亚杰麦是非常珍贵的财产。”

“他不是财产，好吗？你不能拥有一个人！”

我气坏了：“组成华亚杰麦的十位总统大多数都拥有奴隶！”

她翻了个白眼：“那是两百年前的事情了。”

我说：“公园里到处都有监控摄像头，我们俩随时都会陷入严重的困境。”

艾米卡摇了摇头：“那些东西根本没法工作，只是用来吓唬人的。”

“你怎么知道？”

“因为我曾经去过监控室！唯一的显示器连接着公园入口和出口的摄像头，所以我们才没有离开公园。”

“现在还不算太晚，”我说，“如果你向古普塔先生坦白，如果你让他把华亚杰麦交给菲尔丁公司——”

艾米卡大喊：“华亚杰麦不会回菲尔丁公司的！”

华亚杰麦从沉睡中醒来，发出一声响亮的咆哮。

我说：“嘘，小点儿声。你以为自己能把这家伙藏多久？”

艾米卡说：“我希望你可以帮我，你有一辆面包车，对吗？”

我说：“不，我没有面包车。”

她说："我记得你有一辆面包车。"

我说："不，我都是坐公交车。"

她说："为什么我觉得你有一辆面包车？"

我说："鬼知道你为什么会产生这些奇怪的想法！"

突然，脑海中冒出了一个念头，但是刚说出口我就后悔了："哈里森有一辆面包车。"

艾米卡瞪大了眼睛："哪个哈里森？"

"本杰明·哈里森，他平常都把充气娃娃放在面包车里。"

她说："噢，天哪！你能替我跟他谈谈吗？我需要那辆面包车。"

"你干吗不自己去找他？"

"我和他又不熟！求求你了，亚瑟总统，你可以替我跟本杰明·哈里森谈谈吗？"

我以前从未意识到，如今才恍然大悟，艾米卡甚至都不知道我的真实姓名叫什么。

我说："好吧，我会帮你联系哈里森，但是从现在开始，别再把我牵扯进去了，行吗？我不想跟你的计划有任何瓜葛，我不想知道你的安排，更不想参与其中，明白吗？"

她说："没问题，只要你帮我搞到那辆面包车，我保证再也不烦你了。"

于是，我便向哈里森说明了情况。刚开始，他说："我为什么要帮她？那个傲慢的女人总是把我当成怪胎，现在她又想要我放充气娃娃的面包车？到底谁才是怪胎？”

我说：“你就想象自己在演一部《X战警》的电影，华亚杰麦是遭到迫害的变异人，而你则是X战警，他正等着你去拯救他。”

哈里森考虑了一下：“好吧，不过我们把他放进面包车以后，下一步该做什么？”

我说：“我不知道，你得问艾米卡。我不想再管这件事了。”

他说：“她需要我带上自己的宝剑吗？”

我回到自己的岗位上，努力扮演切斯特·阿瑟。我想到不论结果如何，我扮演切斯特·阿瑟的次数都不多了，说实话，心里的感觉五味陈杂。我想到在彭德尔顿法案颁布之后，真正的亚瑟总统在党内大会上肯定非常难受——就连他自己的政党都不肯再提名他争取连任了。我不愿意像其他人一样抛弃亚瑟总统，但是我也渐渐明白，在政治的世界里，你必须为自己考虑，因为别人不会关心你。

突然，公园的另一边发生了剧烈的碰撞，伴随着刺耳的尖啸声，面包车猛然刹住，轮胎摩擦地面。好像还有开枪的声音？人们纷纷从我身边跑过，而我一动不动地站在“明天更好桥”旁边。正如我所说，我必须为自己考虑。

艾米卡打来电话，我没有接。

哈里森打来电话，我也没有接。

毕竟，按照公园规定，穿着道具服是不能接电话的。

几分钟后，布坎南慢悠悠地走过来说：“嘿，老弟，古普塔先生叫你去办公室，他和白人女士要见你。”

我正要过去，紧接着心想：这太傻了。

于是我离开了。

我搭乘公交车前往医院，关掉自己的手机。

我坐在拉莫娜的床边，连续好几天都没有打开手机，而她则一直沉睡。

我跟她说话，给她唱歌，当我不跟她说话时，我就跟妈妈说话。我告诉妈妈，一切都会好起来的，拉莫娜爱她，绝对不会离开她，拉莫娜很坚强。终于，我明白了妈妈为什么想让我留在这里。

不知何时，我迷迷糊糊地打了个盹儿，耳畔忽然传来一声轻柔的呼唤：“嘿，大傻瓜，快醒醒！”

我睁开眼睛，拉莫娜露出虚弱的微笑。

她说：“怎么，难道你要把一整天都睡过去吗？该起床啦！”

“你醒来多久了？”

她说：“不清楚，几分钟？”

我环顾四周："妈妈呢？"

拉莫娜说："不知道，我刚醒。现在掌握大家行踪的任务落到我身上了？"

我按下床头的按钮，呼叫医生。

她说："对了，公园里的事情怎么样了？"

我说："估计是完蛋了。"

她说："你喜欢那份工作。"

我说："其实也没有很喜欢。"

她说："可是，你心仪的姑娘呢？还有怪兽？还有他们打算带来的新怪兽？"

我说："我不知道，我根本不在场。"

她说："我睡觉的时候你一直陪着我吗？不用这样的。"

"不，"我说，"我来得太晚了，但是妈妈一直都在。"

拉莫娜微微一笑："没错，妈妈总是那么疯狂。"

我说："是啊。"

我想到爱一个人有点儿像当总统，它不会改变你的本质，而是放大你已有的特点，让你更像你。

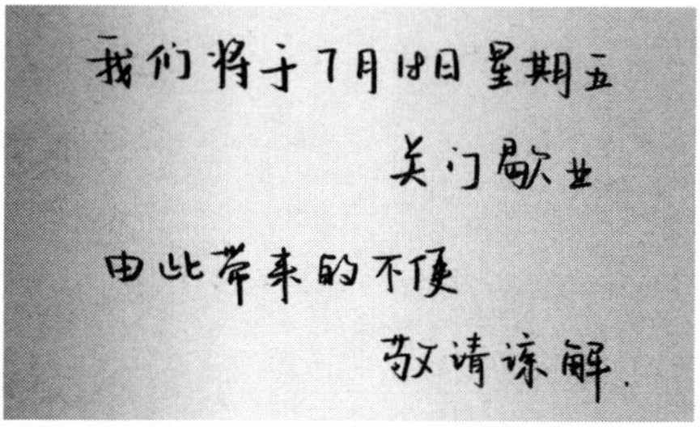

我们将于 7 月 18 日星期五关门歇业

我们将于 7 月 18 日星期五亲密接触 。仅此一夜，我会用双手捧起你的脸庞，我会快速地亲吻你，缓慢地亲吻你，再快速地亲吻你。我们会感受到难以言喻的默契，我们会向对方吐露一切。

在 7 月 18 日星期五，我们会互相喂食浆果，我们会轻声哼唱记不清楚的夏令营歌曲，我们会笑着谈论过往。在不久之前，我们还没有相遇，那时我们在做什么，身边是哪些人，而我们又在浪费谁的时间?

你坐在我的床上，讲述自己膝盖上月牙形疤痕的来历。你打着激烈的手势，我看着香烟的火星飞舞，犹如逐渐消失的萤火虫，在我们丢弃的衣服中寻找家园。

“我想了解你的全部。”我会对着你身体的每一处缝隙悄悄地说，仿佛这是有可能做到的事情。我们会利用大腿上的雀斑组成星座，编造出丰富的神话故事，讲述早已逝去的古老文明。

“你知道我会表演杂耍吗？”你说，而我说：“让我瞧瞧。”

其他夜晚只是排练，我们必须做好准备，迎接 7 月 18 日星期五的到来。在不知不觉间，所有事物都推着我们走向这一刻——想象一下，如果我没有错过那趟火车，如果你没有为了工作而搬家。

“我不想要明天。”你会叹息，然后嘲笑自己的多愁善感，眼角滑过一滴泪水，“我希望时间永远停留在7月 18日星期五。”

当清晨到来时，我们的爱就像在阳光下散开的飞虫。我们会穿好衣服，面朝墙壁，我们会抓起自己的手机，重新变成陌生人。

我们将意识到，7 月 18 日星期五跟过去的日子并无两样，只是一个瞬间，一个持续二十四小时的幻觉，仅此一次，不会再来。

这个悲伤的事实会将我们彻底吞没。

由此带来的不便敬请谅解

（全书完）

SOMEONE
WHO WILL LOVE YOU
IN ALL YOUR
DAMAGED GLORY

我爱你，废柴 ——

产品经理 | 邵蕊蕊 李晴　装帧设计 | 达克兰 马娴　技术编辑 | 陈皮　责任印制 | 梁拥军　产品监制 | 曹曼　出品人 | 于桐

图书在版编目（CIP）数据

我爱你，废柴 / (以) 拉斐尔·鲍勃-瓦克斯伯格著；
戚悦译. -- 北京：北京联合出版公司, 2021.12
ISBN 978-7-5596-5653-7

Ⅰ. ①我… Ⅱ. ①拉… ②戚… Ⅲ. ①短篇小说－小
说集－以色列－现代 Ⅳ. ①I382.45

中国版本图书馆CIP数据核字(2021)第211379号

SOMEONE WHO WILL LOVE YOU IN ALL YOUR DAMAGED GLORY
by
Raphael Bob-Waksberg

北京市版权局著作权合同登记 图字：01-2021-3776

我爱你，废柴

作　　者：[以] 拉斐尔·鲍勃-瓦克斯伯格
译　　者：戚　悦
出 品 人：赵红仕
责任编辑：孙志文
封面设计：达克兰

北京联合出版公司出版
（北京市西城区德外大街83号楼9层　100088）
河北鹏润印刷有限公司印刷　新华书店经销
字数170千字　787毫米×1092毫米　1/32　9.5印张
2021年12月第1版　2021年12月第1次印刷
ISBN 978-7-5596-5653-7
定价：45.00元